人间须尽欢

高军 著

天津出版传媒集团
百花文艺出版社

1936年3月6日

1931 年 8 月 3 日

1935 年 10 月 18 日

1933年7月19日

1919 年 9 月 30 日

1934年4月29日

1934年4月2日

1934年11月13日

目 录

生活有味

风流天真

衣锦还乡

生活有味

画家李春天的麻花辫

“李春天是哪一年到北京的？”张海帆问我。我说：“大概是2000年吧，也可能是1998年，反正相差也就是两三年的事情。你们现在还联系吗？”张海帆摇了摇头，没说话。他把烟头摁灭在烟缸里，然后他拿起桌上的“公道杯”给我的茶杯续上水。

他说：“我跟他有好几年不来往，这人牛逼哄哄的。借钱也不还，我给他打了好几次电话。他从月头推到月尾，后来一看我的电话他就给摁了。可把我气坏了，如果不是看在老乡的分上，我指定给他扭送到派出所去。这不就是一个标准的骗子吗？现如今这个世道你不想跟谁处了，你就借点钱给他，借完钱你就找不到他人影了。”

我问张海帆说：“他借了你多少钱？”张海帆仰着头看着房顶，这是老张想事情或者打什么坏主意时的习惯动作。他说：“钱也不多，两三万块吧！我也没立逼着他一时三刻就还我。我要的是句准话。唉！你这趟到北京来跟他联系没有？”

我说："我打电话给他，可没打通。春节时候他打电话给我，留了个号码，说让我到北京来一定要打电话给他，并且说了我要是来了不跟他说，他以后见我一次骂一次。话既然说到这个份上了，我到了宾馆一安顿好就先拨了李春天的电话。打不通，可能是换号了吧，我想着从你这儿也许能打听到他的消息。上次我听谁说的，不是说他在北京混得挺好的嘛！怎么连个两三万块钱还到你这儿来借？"

张海帆说："好个屁！他到北京来啥也没学会，就学会一个吹牛。"我问海帆："哎！你好像比他还迟来了几年吧？李春天跟我说你才上北京的时候老上他那儿蹭饭吃去，有没有这回事。"张海帆说："那会儿我们好几个人都在一块儿吃，最多的时候有八个人。因为他那儿不是能烧饭吗，所以一到星期六或者星期天几个老乡就到他那儿去玩，也不是空手去的，我顺道就到附近的菜场或者超市买点肉，要不然就给他拿两瓶酒。后来他搬宋庄那边我就不大去了，跑那么老远吃顿饭划不来！"

李春天是我在群艺馆画素描时认识的。老群艺馆设在城隍庙内，傍晚的时候院子里蝙蝠飞来飞去捉虫子，不小心会一头撞到脸上来。

教我们素描的老师姓秦，浙江美术学院油画专业毕业的，身上老穿一件黄色的灯心绒猎装，袖子靠近胳膊肘的地方有两块人造革补的圆补绽。他不大到素描班来，说是他教我们，还不如说学生之间互相教来教去。他偶尔心血来潮来讲一回课，有一半时间是劝同学们放弃画画，说画到最后就变成他这样的，他用手指指自己的胸口，很痛心的样子！

李春天隔一段时间到秦老师那里，秦老师领着他到仓库里拿一个大卫或者几何体回来放在台子上。秦老师用一个大鸡毛掸子把上面的灰掸掸说："这一个月就画大卫。"然后就到办公室抽烟喝茶去了。他有一个满是茶垢的大搪瓷缸子，喝到茶叶梗子就吐回缸子里。早晨泡一杯，下午上班泡一杯。李春天说："秦老师说这个月画大卫，我先画给大家看。你们看我怎么画你们跟着画就行了！"

李春天很瘦，人瘦就显得头发长。他吃东西时的神情跟老鼠一样，吃几口就要把头抬起来，脸上没有什么表情，光是嘴动得不停。老喜欢吃韭菜合子，教室里弥漫着一股熟韭菜的味道。老蔡说这种味道让他想起公厕，甚至比公厕还难闻。

"耗子"画画的感觉不错，我画"拉奥孔"的时候，"耗子"站在我后面看。我没有回头就知道是他，因为他身上有那么一股味儿，一种韭菜和大蒜发酵得很充分的味道。他从我头上伸出手把我的铅笔夺了过去。"你起来一下，你这个地方结构不对。你别光低头拉车，不抬头看路啊。你站远一点看看。"我站远一点看看，果然就知道了画面哪里不舒服。他开始用笔在我的画上改起来，一边改一边吹嘘自己的手艺。"你看看，马上就不一样了。哎，你看这个地方抠一点，感觉就出来……"

我拉了一只凳子坐在他旁边。他一边改一边嘴里嘀嘀咕咕的，其他几个画画人都把笔放下来看他画。"蔡包子"看他轻狂得不像样子，就在他身后拍拍他肩膀说："大师，这是人家的画哎！你打算帮他全部画好吗？”他说：“我是让他好好看看，我也没收他钱。”

这个时候他收拾好了“拉奥孔”嘴角那里的一个细部，把身子向后仰，眯着眼睛往画上看。铅笔像夹香烟似的夹在他手上，他回过头跟我吹道：“以我现在这种水平，教你们都绰绰有余。你知道我去年考浙美专业课考了第几名吗？说出来吓死你，第三名。如果不是文化课不行，早就不跟你们在这里磨屁股了。”后来下课后我跟老蔡上厕所，我俩站在小便池前面撒尿。我问老蔡说：“‘耗子’说他去年考浙美考了第三名？”老蔡抖了抖家伙说：“那又怎样，他现在还不是跟我们坐在一起。”

老蔡对李春天充满了妒意，老蔡喜欢素描班的顾小菲，但顾小菲好像对他一点意思也没有。顾小菲喜欢才子。她爱李春天，包括他身上散发出来的各种味道。她说这叫艺术气息，你们懂个屁！她每次画完之后都是让李春天帮她看一下，李春天就靠在顾小菲的旁边像条癞皮狗似的说东说西。两个人不时发出吃吃的笑声。老蔡听到这种笑声，有点不能自持。他的笔把纸划了条大口子，铅笔也弄断了。老蔡骂了一声：“你妈个逼！”这两个人止住笑声，远远地看了老蔡一眼，接着又是吃吃的笑声。

老蔡考了两年都是专业课不过关，但他还要画，用梵·高的《渴望生活》给自己打鸡血。后来有一天他爹到群艺馆来了，进来二话不说，走到老蔡的画架那里，三下五除二把画架给拆了，又一把扯下老蔡挂在墙上的画，撕得粉粉碎。他爹说：“你麻雀还想跟燕子飞？画的什么东西，走！跟我回家去。”老秦在门口拦住老蔡他爸说："你怎么把我们画架给踩了？你要赔哦。"老蔡他爹扔给他三十块钱，押着儿子头也不回地走了。老蔡他爹在五金市场租了个门面，老蔡被拽回家帮他爹看店去了。

等我再次看到老蔡的时候，他的长头发和背带裤都没有了，他骑着三轮车拉了几个抽水马桶在给人家送货。被逐出Muses[1]的殿堂对于老蔡的意义是相当重大，他爹用这种极端的方式拨正了他的人生航向。如果老蔡没有被他爹驱赶出艺术殿堂，本县今后的五金市场就少了一个呼风唤雨的蔡老板，更少了一个流浪艺术家的资助人。虽然老蔡的眼光和他的艺术品位还是一如既往的差。

有一次老蔡请我去看他的收藏，百分之九十是假的，剩下的百分之十都是一些乌七八糟的东西——某某大师画的老虎，老虎身上骑个光屁股山鬼，还有水月观音、五色牡丹图、日出江山一片红、降妖图、鹤寿图。老蔡用询问的眼神瞧着我说："我们县里的几个藏家看了，没有不服气的！你看看怎么样？"这还仅仅是画，我收的瓷器你还没看呢，永乐斗彩鸡缸杯我都成套。咱又不缺钱卖它干什么？"说完又领我去看他收藏的奇石，他专门有个大院子放这些东西。他用手拍着一个玲珑多窍的石头说："这个我五万块钱买的，人家出我五十万我都不卖。"说完他抽了口烟喷到其中一个小孔当中说："你看，等一会儿烟会从上面出来，神奇吧！"吃饭的时候他问我："听说李春天到

1 Muses：拉丁语，译为缪斯，是古希腊神话中主司艺术与科学的九位文艺女神的总称。

北京去了，你现在还跟他联系吗？他现在混得怎么样？”

我说听别人说混得还不错。我还是他上次回乡办展的时候见过一次，留了一条大麻花辫子。在画展上我见到他了，李春天一把把我搂过去，跟人介绍说我是他艺术生涯的见证人。老蔡说：“那顾小菲跟他成了吗？”“成个屁！李春天现在还耍单呢，顾小菲嫁了一个工商所的干部，我也是听人说的。怎么，你想联系她吗？”老蔡说：“没有没有，如果你有她的联系方式给我一下。有机会请她来玩。”

李春天后来考了当地一所师范学院的美术专业，出来以后分到乡下一所中学当了美术老师，干了一年不到就和县里几个艺术青年到北京“漂”去了。张海帆就是受他们感召也跑到北京去了。上次我的老师在中国美术馆办展，我见到了他们几个人，海帆已经不画画了，弄了一个什么艺术品投资公司。他开车在天通苑站接我，这王八蛋的车比悍马还大。一个小房子停在马路边。他从车里把脑袋伸出来说：“这儿呢，瞅啥瞅。”我走过去，爬了半天才爬到车上。“哎呀！这什么车这么大？”海帆把墨镜推到头上说：“丰田为美国人做的，怎么样？两大强国服侍我一个人。”他套用了一句《茶馆》里唐铁嘴吸白面时说的话，我俩都笑了起来。

从天通苑底站开到他住的小区足足有一个多小时。他家住着一幢别墅，门口有块菜地，种的有大葱和平包菜，还有一株要死不活的柿子树。他把车停好后，我们坐别墅里的小电梯到他的画室里去，整个四楼有三张大画台。我问他弄这么多画台干吗？他说："那两张是朋友送的，有一张是榉木的。老东西，你过来看看。"我说："太阔了。你做什么发这大财？""哎呀，就是朋友之间帮帮忙。有时候买点东西，合适也卖点。"他去拿烟的时候，我赶紧抱了抱"财气"。唐姐说到了有钱人家做上臂环抱状，开合几次，有利于沾润别人的财气。他回来落座后说："打算在北京待几天，如果没地方住。你搬我这儿来，三楼有好几间客房都是空着的。"我说我住在建国门那边，交通很方便。

我们聊着聊着，话题就聊到李春天那儿，就引出前面那段话。海帆说："你知道李春天为什么混不好吗？个性太强，老端着艺术家的架子。我不是没帮过他，属猪大肠的，扶不起来。上次我给他找个活，帮一个老板画张肖像。人家说怎么画你怎么画得了，谁叫人家有钱呢！他跟人抬杠，非要照自己的意思去画。后来人家跟我说这人不行，要换人。不过也可能是看在我面子上，付了一半钱。李春天跑到我这里跟我发脾气，说我给他介绍的是什么鸟人，骂人家是暴发户、土大款！当时我跟他说，如果他不是土大款或者暴发户，怎么会想起来画一张自己的像挂在家里？我说你动动你那个猪脑子，现在什么人最需要艺术，还有艺术为什么人服务，等你想清楚这个问题以后你再来跟我吵。咱们都是一起到北京来的，你看其他几个人都买了房子。你甭管他们的钱是怎么来的，但人家挣上钱了。你还这么漂着，万一哪天你蹦跶不动了怎么办？你有没有想过这个问题？他让我说得没话说，过了大半年之后来借钱，说他那里冬天冷，几个人要凑钱弄个锅炉，不然冻得没办法干活。我把钱给他了，好！这家伙肉包子打狗，一去不回头了。”

我说：“他也是困难，人不死债不烂。说到哪里他也是欠你的是不是？”北漂的一伙人当中海帆算是混得好的，另外几个就算是在家里不出来也能活得下去。除了李春天还在画之外，其他人都改行了。有的做设计，有的做跟艺术有关的行业，还有的在画“行画”，如果你能把行画也算是艺术的话。这些人都很能吹！我怀疑这个地方是不是水土问题，橘生淮南是橘子，换个地方连品种都改变了。邓安庆跟饭叔有一次去看我，我在一个画家朋友那里喝多了，躺在一个他称之为“荷花大榻”的东西上睡着了。那个大榻睡起来实在不舒服，就在半梦半醒之间我听他跟安庆和饭叔吹自己如何有名，一张画卖多少钱。某某名媛又看上他了，但他不肯放弃做人的准则，至死不从。我听了羞愧得只能装睡，因为拿这种牛皮桶子实在没有什么办法。

从北京回来以后，老蔡有次打电话给我说晚上聚聚。他说：“你猜谁来了？”我没吭声。他说：“李春天来了！”我说：“他从北京回来了吗？”老蔡说：“哪儿呀，他都回来有一两年了。现在在群艺馆那边办学呢！你来，我们慢慢聊。”

晚上吃饭的时候我见到了李春天，比过去胖了一点，吃东西的神情跟以前还是一样，一边吃一边环顾左右，相书上说这种吃相不好，但现在让他改可能也晚了。李春天头上的辫子也剪掉了，剪了一个板寸。他身上穿了一件浅灰色的西服，完全是一个高中老师的样子。我问他：“春天你的辫子呢？”李春天说：“辫子其实对于我是有意义的。我一天扎辫子就说明我对画画这个心一天没死，现在剪掉就代表我死心了，认㞞了。今后再也不折腾了。你可有朋友小孩子高考学画画的，给介绍介绍。”我说：“我帮你听着就是了，如果有我肯定介绍到你那儿去。”他端起杯子说：“那我先敬你一个！”

海明威写过一篇小说叫《没有被斗败的人》，里面写到一个不走运的斗牛士叫曼努埃尔。他一直想体体面面地跟公牛干一场，斗一场之后就金盆洗手。曼努埃尔让他的朋友舒里托剪去他作为斗牛士象征的小辫子。但当他躺在手术台上舒里托要剪的时候，他抓住舒里托说：“你不能干这样的事。”最后他对舒里托说：“我只是不走运罢了！”李春天这个人走不走运我也搞不清楚，但有一点可以肯定：他剪去了留了十几年的辫子。我跟老蔡都觉得心里松了一口气，不然看到他总让我们有一种不舒服的感觉。

风水大师生意好

张富友前几天打电话问我;“高总，你认不认识什么看风水好的人？”我说我自己就相法了得，我宗的姜子牙那一派，旁及《易经》，通晓阴阳五行八卦，你请我吧，那个人出多少钱？

老张说:“平时喝酒的时候没听你说起来懂这个嘛。我有个朋友的楼盘要看风水，报酬是两万元，你看看能不能找个风水大师。”我说我自己就能看，你非要把生意便宜人家，是不是你看我赚钱心里有气？他说:“不是的，我从来没有听你说过你会风水，心里有点发虚。那个人是我一个客户，后面我还要做他生意，你到时去给我胡吣，我后面的生意还做不做了？”我说你既然信不过我，我给你找找。我认识一个马大师和陈大师，给你打电话问问，看看他们最近有没有时间。老张说:“你赶紧给我问吧，人家下个月要开盘了。”我说收到，我现在就给你打电话。

第一个电话是打给陈大师的，就是我文中常写到的老陈。我说:“老陈，有一套富贵来了，帮一个开发商看风水，你去不去？”老陈说："我哪里会看？我就会写个字。如果他的楼盘要写个书法什么的我还行。”我说："这个你别想了，人家找县里的一个领导写了，现在就缺一个看风水的。你到城隍庙买个罗盘，到时帮他看看，把钱骗到手就行了。你上网看看风水当中哪些要注意的，到时候给他们说说就行了。去年你穿的那件麻质唐装还在不在？”他说上次沾到墨，怎么都洗不干净，把它扔掉了。我说买罗盘回来的路上，看哪家有卖的再买一件，这个是固定资产投资，以后能反复使用。

老陈说："你可不要看轻这个风水，人家里面有学问。万一给人家看得不好，他带人来找我怎么办？”我给他打气说："怎么可能呢？现在房子涨得这么厉害，他横竖怎么做都是赚钱，跟他门朝哪开一毛钱关系都没有。如果不是我那个朋友信不过我，这套富贵还不一定落到你这里。”老陈说："这个事情我觉着有点悬，再者说了我以前跟人学的是室内找财位，然后禳解。现在一下子看整个楼盘的风水，这个步子有点迈大了，我怕扯着蛋了。”我说："你真是死狗扶不上墙，平常嘴叨逼叨挺能说的，怎么一到关键时候你就掉链子？”老陈说："我实在是心里发虚嘛，再说乾、坎、艮、震、巽、离、坤、兑这八个方位我都不熟，你让我怎么看？”我说你个呆鸟，现在淘宝有卖精准定位坐向的激光灯，自动显示八字。你把朝向死衰复习一下就行了。那个美国白宫当初建的时候他们找谁看过风水？不照样兴旺几百年，到目前为止也看不出来衰落之象不是？

老陈说："你这个活我实在不行，要不你还是找老马去吧。

他最近生意红火得要命！我前几天遇到他，他说看风水要提前半年打招呼，常年在空港大酒店包房，全国飞着看。”我说老马这个人我挺讨厌他的，装的时间长了，自己都不知道自己几斤几两了。上次我有个朋友问家里的财位，我打电话给他，这个王八蛋竟然要我提前预约，出场按小时收钱。没到一小时也按一小时收，从脚跨进车门算起，太不给我面子了。老陈说：“老马人家长得仙风道骨的，凭这个长相就能卖钱。”

老陈所谓的“仙风道骨”就是黄瘦。老马属于那种把他塞到猪肚子也长不胖的人，颌下有几缕黄白间杂的胡子，常年穿着唐装和大褂。我曾经给他画过一把扇子，上面画了一个古代人，须发飘飘的，据他说这人叫鬼谷子，是他宗的一派先师。背面请另外一个书家给他写了两个字：“天机。”老马常常跟人说他是活不久的，因为泄漏的天机太多。这把扇子他无冬无夏都在手里拿着。这个人话不多，到哪里都低垂着眼睛，问十句能答两句就不错了，用他的话说是“话多伤气”。不说话的时候，就用手抚弄着颌下几缕黄胡子。吃饭的时候他身边坐着一个极美的少妇，一直缠着他要他给自己看手相。马大师说手相我平常不给人看的，我这个人好说真话，得罪人，你让我说假话奉承人，我是万万办不到的。这个女的就把手快托到马大师的眼皮子底下，他叹了一口气说：“人各有命，富贵在天。非要知道几十年后的事情，会让日子变得很乏味的。”他拿一块餐巾轻轻在嘴唇上蘸了一蘸，然后把那个女的手拉过来，突然轻轻拍了一下说：“换手，没有规矩。男左女右，你给我哪一只手？”那个女的说：“太激动了，对不起！对不起！”马大师把扇柄倒过来，轻轻地在她的掌心划来划去。那个女的脸上忽喜忽嗔。我忽然发现马大师眼神中闪过一丝不能自持的灵光。这时他把手丢开说：“你只要按照我说的注意这几个方面，当无大碍。五十以后家齐业就，再远我就看不到了。”话说完他叹了一口气，坐在那里像泥雕木偶一样。这个女的对着自己的手掌惊喜莫名地看了半天，然后站起来给马大师布菜。

这个老马原先是一所中专学校教中文的。据他自己说平常醉心国学，十七岁时通读十三经和诸子百家，也是承家学渊源。因为恃才傲物，素来与学校的校长关系不睦，就辞职在家一门心思钻研学问。后来遇到一个异人，就是他的师父，是当地一个有名的风水大师，把平生所学尽授于他。他说他一年只看八场风水，不多看。他看风水有“八不看”，具体哪“八不看”我记不得了。因为当时他给过我一张名片，名片后面就印着这“八不看”。我亲眼见过他拒绝一个局长请他看祖坟山的风水，弄得这个人很没面子。当时的场面弄得很僵，老马连眼睛都不朝向他看一下，只是摆弄手里的扇子，象牙烟嘴里的烟灰长出一大截子，他也不弹就这样任它落在自己的大褂上。天然一段韵格，那种风度真是难描难画。过了很久有一个人说起网上一个段子，大家才笑起来，场面重归融洽。

老马有次到我们画室来玩，后面跟了两个女弟子。我请他看看我们画室的财位在哪里，他说罗盘没有带不好看。后来过了一会儿他看中我墙上画的一张山水，要我盖上印送给他。我说印不在身边。他一笑说手表也能看，就把胳膊上的“江诗丹顿”摘了下来，对了一会儿说：“财位在你窗户的右边，大概三十公分，在这个地方你最好挂一个钟。”我问他什么钟？他说什么钟都行，钟下面要设一个鱼缸，养几尾金鱼，墨龙睛三条，包金三条。一条不多一条不少，明年再看看！你到花鸟鱼虫市场找卖金鱼的老黄，就说我叫你来的。他会把缸和鱼都给你置办好，缸的价格超过二百你别给他钱。到时把电话给他，叫他跟我说话。”

对于他这种说法我是不信，我问老陈：“老马这个牛逼筒子靠谱吗？”老陈说宁可信其有，不可信其无，万一发财了呢！他说我下午到花鸟鱼虫市场去一趟，来人你就说我出去办事了。

老陈分别采购了北极星石英钟、一个大鱼缸、六尾鱼，供在财位下面。他兴奋得搓着手说这下就妥了，就信他这一回，不灵再找他。但这个财位好像也没有显灵，老陈跟我还是穷。老马倒是越来越有钱了，去年年底他换了开了好几年的宝马，弄了一辆最新款的奔驰 AMG。吃饭的时候我问老马我们那个财位为什么不灵，他装耳聋听不见，把手拢在耳朵上对我大声说：“什么？什么？”什么你妈逼。后来我就不想理他了。

抢垃圾

最近我们院子里又有一个老太太爱上了拾废品，拾废品的人多了竞争就激烈起来。楼下的王美英婆婆，过去是七点钟吃完早饭到垃圾桶巡视一趟，如果没有东西她就到菜市买菜。等买完菜回来再探头往里面瞧瞧，还没有什么可以拾的东西，于是她觉得十分气愤。这两天她注意到，住在四楼的李九凤老人，夜里四点钟就往垃圾桶跑一趟，真是“莫道君行早，更有早行人”。她想这样下去不行了，必须比李九凤起得早，原来在单位上班，年年评先进都是我王美英的，李九凤根本连给我提鞋都不配。

晚上我在门口散步遇到王美英，她嘴里嘀嘀咕咕地说：“奇怪了！这个桶原来就是我的，你要拾嘛到外面拾去。外面大马路上矿泉水瓶子不知道有多少。”我跟她打招呼：“王阿姨吃过晚饭吗？”她说：“吃了，你才下班？”我说：“我到菜市买菜。”说完我对她扬扬手中的塑料袋。她说：“买的茄子？现在茄子嫩，做油焖茄子才好吃，就是费油！”然后她让我给她评理，她说：“世上做事有这么不讲理的吗？我们这个院一共三个桶，我是最早想起来拾废品的。原来三个桶都是我的，后来张桂兰她们几个人想拾，跟我说我就分了两个桶给她们。我想做人不能太自私，长江水大家喝。李九凤见我们拾，她就眼红。她这个人年轻时候就这样，眼红人家的东西。我那时候苦巴苦累带三个孩子，晚上还要帮人家拆线头。前后干了几个月，她给我汇报到厂里去，你说她可是人呀？”

因为儿子晚上回来要赶着吃饭，还要检查作业，我急着想走，就安慰她几句说：“不行你把她们召到一块儿开个会。一三五、二四六错开拾。这个也发不了财，都是街坊邻居，一大把岁数还为这个红脸吗？再者说了，你们家丛玉做那么大生意，为你拾这个说过你多少回了。你看现在天热了，垃圾桶里面多脏，万一磕着碰着怎么办？”

她家丛玉跟我是小学同学，原先在淮河路上的药房做会计，后来给几家医院供药，十几年前人家就开奔驰了。她到院子里来不爱理人，一般是把车停下后就拎着东西往家奔，一边走一边喊：“妈，出来一下，帮我拿点东西！”王美英就站在院子里说：“你这孩子，跟你说过多少回，让你不要买东西，上次买的那个桂圆、阿胶还没吃完，又乱花钱。”说完，她得意地往四楼瞟一眼。她知道李九凤一定借着晾衣服在看她们家母女亲情大戏。李九凤也确实看到眼里来了，她一边收被子一边用拍子狠命拍上面的灰，嘴里小声地骂着：“日你妈！补死你！烧包蛋子。”

李九凤退休早，她跟王美英原先在一家食品厂。食品厂的地现在卖给开发商盖房子了，叫“香榭豪庭”。进门有个雕像，一个精光屁股的西洋女人扛着一个水罐子，水罐源源不断地涌出水来，水汇到池子里永远也不会满出来。李九凤跟王美英去过那里一回，她俩站在雕像下看得直摇头。后来李九凤在池子下面发现一个小孔，她指给王美英看说：“怪不得这个水不满出来的，这个下面有个小抽水机，水一下来它就给抽到小罐子里去。这得费多少电？”王美英说：“我家从玉她们小区也有这么一个东西，是个男的扛着罐子。我从那里走都不好意思看。”

李九凤跟王美英在这里转了一圈，一个保安过来问她们是干什么的，王美英说原来我们是这儿的，这地方原来是我们厂。保安说那你们看看吧，等会儿有人问你们，你们就说来找人的。王美英跟李九凤转了一大圈，原先食品厂的痕迹一点也看不出来了。

过去食品厂门口栽一排要死不得活的法梧，现在全换成香樟了。李九凤老公原先是厂门口拉板车的，夏天他们就躺在法梧下面等活儿。苍蝇在他们张开的大嘴上绕来绕去，被他们嘴里喷出的酒气熏得东倒西歪的。这些拉车的等着把食品厂出的产品送到城里各家食品店和百货商店里去。

李九凤老公的板车下面有个袋子，里面装着酒，还有一玻璃瓶炒花生。有时李九凤给他从厂里偷烘糕和白切，也装这个袋子里。遇到一个很大的坡，李九凤老公就低下头把绳子背在后背上，头低得快要跟地面平行往前走。等上了坡，他就美了，掏出酒瓶子，嘴对着嘴就喝上了。喝几口他往四周看看，也不知道他在看什么。远处有一辆小四轮在上坡，喷吐着黑烟。路边有个修车铺，老板扎着一条围裙正在奋力扒胎。

李九凤家四个孩子，两个大的男孩是李九凤跟前夫生的，后面两个女孩是跟老陈生的，一个叫大莲，一个叫二莲。李九凤自己觉得对不起这个男人，好像是存心不给他留个根一样。李九凤老公姓陈，沉默寡言的，喝多了酒就把李九凤打得鼻青眼肿的，抓着她头发在地上拖，像拖着一包东西。他从东拖到西，又从南拖到北。嘴里就骂一句："日你奶奶的！日你奶奶的！"李九凤就哇哇叫着去抠他手，有时抠他眼睛，但很快又被他打翻在地。

隔壁邻居如果手里没事就出去劝一下，有事就把手里的事情忙完了出去劝一下。老秦嘴里叼着烟站在他们家门口说："你们烦不烦，不是上星期三才打的吗？"老陈没有时间理他，如果不摁住李九凤马上就要给她翻过来了。他冲老秦说："滚！"老秦回家泡了一杯小兰花茶，坐在门口又看了一会儿，见打不出什么新花样，就找人下棋去了。李九凤跟老陈互相揪着头发对峙着。

总之我们对于他家吵嘴打架习以为常，比如说他们上午打的架，到了中午就好了，真像周牧师说的"绝不含怒到日落"。到了傍晚的时候老陈拉着板车回来，板车把手上挂着一包卤菜。晚上李九凤炒几个菜，把小桌子搬到院子当中吃喝。老陈用蒲扇给李九凤扇着，挑好的给李九凤碗里夹一块。然后又在碗里面翻翻找找，每个孩子一块。他看看小孩子没吃干净的骨头，就重新拣起来放在嘴里咂着，全家沐浴在慈爱的光芒中。等大莲、二莲把地上扫干净之后，李九凤在家里给老陈泡了一杯茶，从打得乌青的眼里向他很俏皮地一笑。老陈几乎被他老婆媚得受不了，就把手伸出来说："你看被你咬得看见骨头了！你是人还是老虎？"

他们家过日子跟一般人家不一样，是一种非常波西米亚风的生活方式。拿本院张胖子的话说想一出是一出，没个章程。月头天天大鱼大肉，老陈烟酒档次也上去了，跟人下棋的时候，一包"424"牌香烟就摆在旁边，谁想抽谁拿。他自己想起来要抽烟，一摸摸个空，烟不知道什么时候让人给摸光了。他骂一声从后屁股口袋再摸一包。这样的好日子不过一个礼拜。到了月尾，桌子上就一盘酱或者豆腐卤，夹多了老陈都骂："菜驴呀！菜是拿来下饭的，你想吃穷老子呀。我这辈子就毁在你们这帮小兔崽子身上了！"说到激动时刻，随手把桌子掀翻了，"吃你妈个逼！都别吃了。"他们家孩子见惯了，也没惊奇。该干什么干什么，大莲拿扫帚扫地，扫到她爸爸那儿小声说"抬脚"，老陈把脚抬起来，二莲把地上的碎碗碴子捡起来。老陈看了一眼说："放那儿，让你哥来捡，就知道吃。"

李九凤的大儿子随她前夫姓，叫马春雷，上初二了，身材已经发育完全，像一个成年人。他的肩很宽，夏天脱光膀子在院子里做煤球，一身的腱子肉，身上的汗水凝成小圆球，像荷叶上滚动的露珠一样。张胖子说："老陈要享福了，转眼之间儿子就长大了！"老陈享的第一个福就是被他这个"拖油瓶"儿子揍了一顿。老陈在家发酒疯，忽然他儿子站起来说："爸你能不能不要这样，天天一家子不像一家子。让人家笑话！"老陈拿起桌子上的酒瓶就扔过去，春雷一闪，酒瓶砸得粉碎。老陈把盘在屁股下的腿抽出来，一跳就跳到他儿子面前，伸手一个耳光。春雷在空中把他的手抓住说："别为老不尊呀，有话不能好好说？"老陈用另一只手打他："说你妈个×，我就不好好说怎么啦？你还敢还手？"另一只手又被儿子抓住。他想抽抽不出来，心想这孩子怎么这么大力气，我要踢他两脚。老陈还蛮相信自己的腿功的。他每天早上出工时候，都骑马蹲裆式在门口来好几十个起落。老陈就屈起腿踢他儿子，被春雷一搡，直接就从家里搡到门外面来了。

李九凤从厨房里面跑出来，手里攥着锅铲说："春雷你疯了？你怎么能打你爸？"春雷从花台上摸了半截砖说："动？拍死你。"九凤横在他们父子中间说："你敢？他可是你爹。儿子打爹，雷公都要劈你。"老陈坐在地上指着这个"拖油瓶"儿子说："好，好，好。翅膀硬了，打我了。好，好，我早知道有这么一天，但我没想到来得这么早，是我下作呀！当时多少人劝我，说我这是在帮别人养儿子，这不应验了！"说完自己连抽自己几个大嘴巴。李九凤说："春雷，还不给你爸道个歉。"春雷说："我不，他不是我爸。我爸早死了！"

李九凤喊老二马春林："春林，春林。你死人啊，快扶你爸起来呀！"春林在里屋温书，他出来把老陈从地上扶起来，然后又把鞋找来给他穿上。李九凤又开始喊二莲："二莲，二莲，你死人呀！快去找紫药水，你没看到你爸的手摔破了！”二莲在屋里上上下下翻了一遍，走到她妈面前说：“没有！”李九凤拿手在她头上一捺说：“你就会吃。”大莲在旁边慢条斯理地说：“紫药水上次不是你拿的吗？我记得你放在五斗橱上面了。”李九凤说：“你知道在那里怎么不赶紧拿过来。你心不好！你知道吗？”大莲白她一眼说：“谁心不好呀？”

大莲把紫药水拿过来，走到老陈面前说：“爸，你把手伸过来我看看。”老陈把搭在膝盖上的手伸出去，大莲用药棉蘸了紫药水搽上，然后说：“爸，这两天你别急着洗，等结痂就好了。”老陈虎着脸看了她一眼说：“嗯，你快去吃饭吧！”

泡温泉

冬天最美好的事情无过于泡温泉。如果还要在这个美好上锦上添花——那就是边泡边吃。唐姐[1]在合肥的时候曾经跟我有个约定：等下雪天一起去泡温泉，在水里整个小火锅。酒杯浮在水里，漂到谁面前谁就浮一大白，有点东晋王羲之“曲水流觞”的意思。但这个事情不知道为什么就拖下来了，有时间的时候天空又不下雪，好不容易下雪了又没有时间去了。果然就没有去成，没过多长时间他就升了。我为了纪念他就自己去了一趟温泉。

离城一个多小时有个温泉度假村，里面有好几十个露天的池子，都不给弄小火锅。我听小克同学说日本的温泉连头上顶的毛巾都不许拿下来蘸水，头上顶的毛巾只许擦汗。我问她：“如果蘸水打肥皂呢？”她迟疑了一会儿说：“人家也许会叫警察把你请出去！”我问这些问题证明我还停留在洗澡、泡澡的

1 唐姐：作者的好友张唐，性别男，江湖人称“唐姐”。

阶段。泡温泉跟洗澡是两码事，这个一定要厘清楚。过去我上洗澡堂子经常看到有人打肥皂打得浑身雪白的，然后往水中一跳，周围的人像躲瘟神似的躲着他。洗澡堂帮人搓背的就不乐意了。因为他帮人搓过背，最后的总结是劈头浇一大盆水。这时他拿着盆在池子里怎么样都找不到一块干净的沧浪之水，那位脏兄洗出的肥皂沫子比一个化工厂的排污口还脏。

搓背的就拍这位脏兄，指指浴室中的牌子。牌子上写着："请勿在池中打肥皂！"那个人看他一眼，继续打第二遍肥皂，然后就打起来了。因为都脱光了，身上没有抓挠的地方，两人互执木质趿拉板子对殴。我一般是押搓背的赢，押对的比例达到百分之八十。这要是在英国赌赛马我早就发大财了。

为什么押搓背的赢呢？那是因为他们体力好，一般到澡堂肯花个十块八块搓背的大部分属于事业成功人士。就算是事业不成功，在体重上也成功了。要盘弄他们这一百几十斤，两膀子没点力气还行？澡堂搓背的都有一身腱子肉，腹肌跟龟板似的。过去澡堂子搓澡工属于重体力劳动者，一般发四十五斤粮票。看到有人花钱到健身房练块儿，我都觉得不值。有这个工夫不如到澡堂子帮人搓背，又能挣钱又能练块儿。

搓背的把这位脏兄干翻在地上，旁边的人光着身子去拉。光着身子劝架也跟街上劝架差不多，画面有些荒谬感。大家纷纷劝："你打肥皂确实嘛要到外头去打，这一池子水还要用到晚上。如果人人都你这样打，他们还做个屁生意？""你个搓背的也是，好好讲不行啊！非要动手，你把他打伤了，你一个冬天白搓了是不是？”两下安抚好之后，有个人洗舒坦了，仰躺在池子边，颤颤地唱起了《三套车》。大家光着屁股给他鼓掌喊好，这货又自报自演说要给大家唱怀远民歌《摘石榴》——小嗓唱：“哪一个讨债鬼隔墙砸砖头？”然后男声接：“砸砖头为的是约你去遛遛，呀嘿哟！呀嘿哟！”

温泉跟澡堂子是两回事。脱了衣服首先要洗一把，洗得干干净净才能去泡。在池子外面打肥皂也不行，里面的池子有的在竹林里面，有的在杂树丛中，有的在山坡上。我顺着一个木头槽子走到一个火棘丛中，见到的场景把我吓了一跳。一个美女坐在池中，旁边坐了七八个男的。大概是一个单位的同事。因为大家从来没有这么坦诚相对过，都觉得有点不好意思。起初那个美女还强作镇定，撩拨一下从包头发毛巾中露出的几缕头发，后来干脆就是低头不语。有几个男的觉得这样盯着人看不好，就两眼望天。其实那天上什么也没有，跟一块大蓝布似的。还有几个就目光灼灼地盯着人看。

风师娘说：“那个姑娘身材不错！赐你看两眼，等会儿我们到竹林那边去泡吧！”我听到这话，就把扭到一边的脑袋正了过来，轻描淡写地看了一眼。

路上风师娘说：“这个单位里面同事来泡温泉最尴尬了，你还记得以前我们单位组织过一次泡温泉吗？我们部门那个主任，他脱了衣服不下池子，站在通往温泉的门口，身上穿个花条纹的游泳裤，肚皮上还长着黑毛。过去一个女同事他就品评一句：‘身材真好！’‘那个某某你有肚子了，要减肥了！’你妈！当时就想给他踹水里去。我们部门的大姑娘、小媳妇被他吓得花容失色，哇哇叫地往水里跳。”我说：“这个泡温泉是很个人的行为，就算是单位工会组织这种活动也是不严肃的。他这个算不算以权谋私？”风师娘说：“肯定的。他那个眼神跟照相底片似的，照一个记一个。”

我们一致认为泡温泉这种事情，两个男的来泡不合适，两个女的来泡也不合适。一男一女来泡也不合适。要泡得是一帮人，上回我们班同学开同学会就开到温泉里来了。男男女女来了好几十个人，晚上自愿结队打麻将、炸金花、唱卡拉 OK。

我的同桌老蒋回来跟我说：“我的感觉是悲欣交集。欣的是我终于把这么多年的心魔给去掉了！悲的是岁月真是杀猪刀呀！真下到池子里啥房子、位子、车子、名牌包包全不管用了。你还记得坐我们前面的许敏吗？”

我说：“记得，她我怎么不记得，眼睛大大的，个子高高的。喜欢笑，你那时不是喜欢她吗？”

“是啊！我没见到她之前还老惦记着她。这回泡温泉彻彻底底地把我给治愈了。以前过个周年半载的做梦还梦到她，老是梦到她一扭身要拿书打我，然后轻轻地咬一下嘴唇就转过身去！这回完了，我知道我下半辈子再也做不出来这么好的梦了。这次这个活动他妈谁安排的，太残酷了！早知道我就不来了。”

我说：“你见到许敏啦？”老蒋把两手一搂说：“腰有你两个粗。穿着大衣还看不出来，靠！往水里一坐，这个一池水就漫上来了，她下水之前水齐着我两乳之间。她往水里一坐，一下子涨到我下巴这儿。漫出去的水把我拖鞋都给冲跑了，我是赤着脚撵回来的。”

11月11日的火桶

11月11日的大减价，豆瓣上的网友们就鸟兽绝迹了。师娘说："文艺青年到底是穷啊！便宜个块儿八角的，人就跑光了，平常没事的时候在豆瓣上谈空说有的，一听到淘宝大减价，像蝇子见了血一样，鞋都跑掉了！"我问她："你不早就盘算着买一只过冬的火桶，现在还不赶紧着上网看看？"她撇撇嘴说："那我也去淘淘，《世说新语》阮步兵晒大裤衩子。这叫什么？未能免俗！"我说："别拽文了，再拽好东西就被别人淘光了。你看看可有那种能站人的火桶，回头帮我也买一个，冬天我就站在里面不出来了。"她说："我查了，有坐的那种，还带个小桌子，你可以坐在里面看看书，写写小楷字什么的。"我说："有这等稀罕物儿，回头你搜到了喊我去看看。"

过了大约半个小时，屋子里大呼小叫起来，跟阿基米德发现浮力定律一样。我放下笔跑进去问："是不是找到了？"她说："太君，火桶大大的有！"我一看不仅有能坐在里面的火桶，还有带躺椅半躺在里面的火桶。她问我：“太君！你看要哪种火桶。不行，我们买两只站桶，放在客厅里，一人站一只。你看这只前面还带个半圆形的搁板，上面还能放些瓜子、杏仁干之类。冬天猫在里面，参禅说道，岂不美哉！”我问她这东西是烧炭的，还是烧电的？她说：“当然是烧电的。烧炭的万万不能用，你没看香港一到股市楼市大跌，经济景气指数下跌的时候炭就好卖起来。你以为人家买回家打边炉呀？如果我俩买炭来烧，万一煤气中毒你当是玩的？”我说：“我个人比较中意烧炭的，烧炭的比较有诗意。你没看唐诗上写‘绿蚁新醅酒，红泥小火炉。晚来天欲雪，能饮一杯无？’”“诗意你个头！”

她一边浏览网页，一边感叹长江以南原住民的过冬奇技淫巧。她说：“这第一个发明火桶的人真是个天才，创造了一个春意融融的小天地。然后或趴在里面，或站在里面。如同乌龟带着一只壳一样，活动少思虑就少，思虑少则省心省力，怪不得过去山里有那百岁人瑞呢！这应当成为今后一个流行的生活方式。”我说：“这实在被冻惨了不得已出此下策！我小时候就用过这种东西，没觉得这玩意儿有什么伟大的。你看看网上卖这种东西大部分是长江以南的山区，当地多木柴，山里面又阴湿，冬天不搞个火桶站站，实在是打熬不住。”

我记得有一年下大雪，我到九华山去。俗话说“霜前冷，雪后寒”，我去的时候刚下过一场大雪，山下房子的屋檐下面都挂着几尺长的冰溜子。偶尔在路上遇见个人，都是把手袖在袖笼里急急而过。家里养的狗打死也不出来，伏在门口唁唁地叫着。团一团雪劈头给它一下，马上老实了叫也不叫了，抖一抖身上的雪转身跑回屋里去了。

我在一家民居里住下，说好五块钱一晚。老板就站在火桶里做生意，他从桶里露出个半截身子跟我说话："我们这里不包伙食。吃饭到街上去。这几天天冷，你要吃饭的话，早点去。去晚了怕吃不到饭，肚子没点食，这晚上可不好过。"

他们家堂屋里有三个火桶，老板站一个，老婆跟女儿各站了一个，平地上像长了三个笋子一样。桌子上放着一台电视机，一家人正在看什么歌舞晚会。他老婆胳膊上挎了个篮子，篮子里面装着盘好的毛线球。她一边打毛衣一边看电视，家里养的猫就目不转睛地看着毛线球滚来滚去。

我在街上吃了一个很辣的牛肉火锅，吃得涕泗横流的。趁着身上还有点热乎劲儿就往回走，走到半路上身上的热量就被寒风刮走了。寒风中有两个和尚戴着观音帽正在打桌球，有一个把帽子往下推推，另一个袖着手在旁边看。正着打反着打，都不顺手，和尚就斜坐到桌子上开了一杆子。有一只鸟站在附近的树上歪着头看，觉得他们打得挺无聊的，就一振翅飞起来，落下的雪落到人脖子，格外提神醒脑。

我想起老板说的话，就连走带滑往旅店去。屋里跟屋外一样冷，三个"笋子"还是戳在堂屋里。我一边在门外跺着脚上的雪，一边说："冷死了！老板有热水吗？"他朝我努努嘴，壁角有水瓶。他说："今天冷，你拎两只上去吧。"我拎了两瓶水上去，立刻倒了一杯焐焐手。床上倒是有两床被子，看看还是冷。古代人形容词用得很精准，说衣衾如铁，这种被子盖在身上怕是比铁还冷。

我又摸着板壁下来想问老板要一只汤婆子。他从桶里艰难地爬了出来，我等他一爬出来就立刻坐到木桶里面。我说："我先坐一会儿，等你来再让给你。"他回头看看说："你先坐着吧！我去找。"我跟坐在前面的火桶里老板的女儿搭讪说："这化雪真冷哦！你们放寒假了吧。"她回过头看我一眼说："早放了！站在地上脚冻得狗咬的一样。你可吃瓜子？"说完递过一把瓜子，我们就开始吃瓜子。老板娘一边打毛衣，一边问我从哪来的，准备住几天。这时我感到冻僵的腿开始血脉流转了，一股阳气从两腿之间升起，不由得叹了一口气："火桶真是个好东西！"她们问我："你以前坐过？"我说小的时候用过，这有多少年都没有用过了。

我跟她们描述我们老家的火桶是什么样子，桶下面放着瓦盆。里面放着从炉膛里掏出来的草木灰，冬天把孩子抱起来往里面一戳。大人忙别的事情去，小孩子就站在桶里面哪儿也去不了，只能看着别的小孩在外面玩。都穿得圆滚滚的，摔倒了爬也爬不起来，就像只甲虫一样仰天躺着，短短的四脚划来划去地乱叫。要等到人来重新把他放正，又跑去打冰，抽陀螺什么的。我说："没有你们这边做得科学，你们这边做的人可以坐在里面。桶面上还能放东西，我们老家那种人站在里面，两只手还要垂在外面。这种火桶小孩子一大就站不住了。我有一次不老实把这只火桶带翻了，衣服又穿得厚。就被卡在火桶里，在地上连人带桶地翻滚着。桶底还冒着青烟，扔出去的一个爆破筒一样。”

我正说得口滑，老板站在桶外面说：“热水都给你灌好了，趁热赶紧塞被窝里吧！”他是想夺回自己的宝座，我只好又钻出来，拎着汤婆子往小阁楼上走。半路上听到堂屋一阵笑声。

睡到夜里，我听到外面挂在屋角的冰坠子被风吹下来，落在地上，像摔碎玻璃一样。我用脚去触那个汤婆子，早就不热了，憋着一泡尿也不敢下床去尿。鼓励自己去睡，带尿数羊——后来也睡着了。

睡了三四个小时，听到隔壁的和尚上堂了，慢慢开始打鼓。我觉得和尚庙有点像军营，吃饭、睡觉、做功课都有个仪注。鼓越打越急，我终于憋不住了，似乎这样打下去，我的膀胱就会爆炸了。我光着腿从楼上跑到楼下厕所里尿尿，这时鼓停了。天地俱静，我觉得再不赶紧尿完，我就会被冻死掉了。堂屋里三只火桶还在，黑乎乎的法物一样矗立在那里。

我回来的时候，看到有一只还有点余温，又钻进去暖和了一会儿。这时我很紧张，万一店主夜里起来，看到我一个人坐在这个木桶里，说不定会惊叫起来。堂屋的桌子上有架自鸣钟咔嗒咔嗒地走着，从另外一只木桶里钻出一个圆圆的脑袋，三角形的耳朵。原来是猫哦！它也怕冷。我暖和了一会儿，想想梁园虽好，不是久恋家园。火桶里木炭慢慢烧尽了，我还得钻我的铁被子去。

因为对火桶有这么深刻的感情，所以我觉得 11 月 11 日什么都可以不买，火桶必须采办一只。以后家里有贵客来了，就请君入桶！听说有个朋友要从上海来，我们得补办一个仪式。在木桶上撞碎一瓶香槟，然后请她也坐坐，体验一趟温暖的冬天之旅。

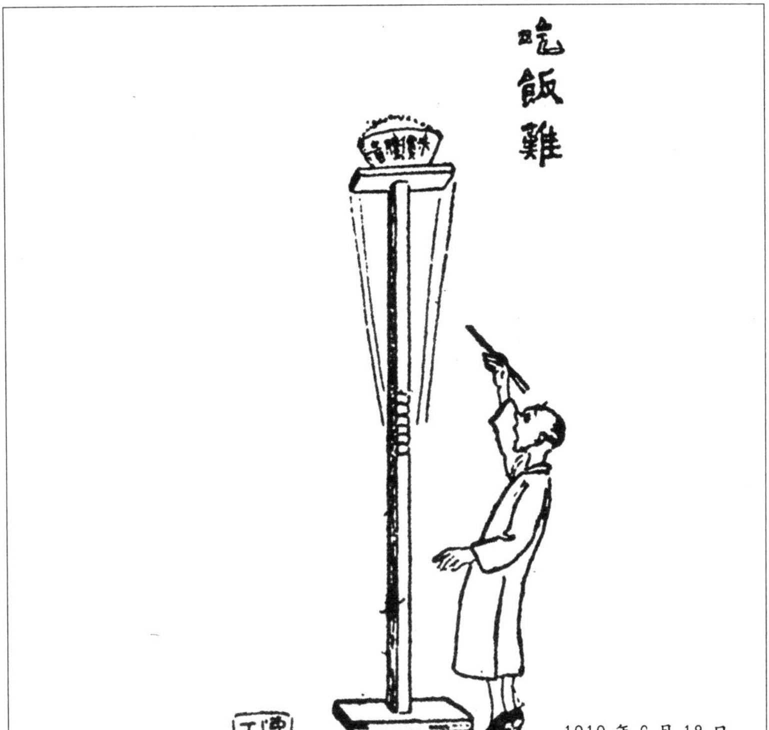

1919 年 6 月 18 日

1931年2月11日

1935年3月3日

1931 年 2 月 18 日

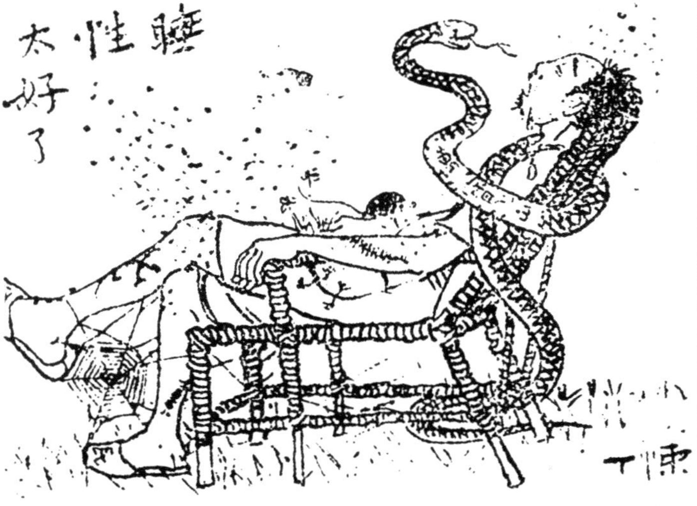

1931 年 7 月 14 日

這是拍蒼蠅的
丁悚
1936年7月17日

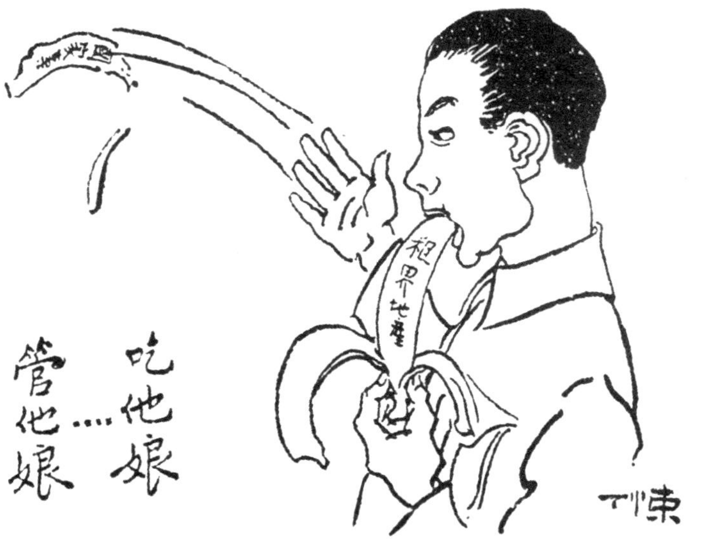

1933年7月28日

1936年7月4日

谈恋爱要花多少钱

前几天我看到一则新闻，说的是重庆有个小伙子，硕士毕业，岁数也不小了，三十二岁，一年到头不打牌不抽烟不旅游（确实现在旅游也游不起！）。他一年收入五万块钱，在他的支出计划中：每月花四百元，一年和朋友聚会三次，恋爱经费每月不能超三百元。看得出来，这个小伙子是个很善于自我规划、自我克制的人。我不知道他所说的恋爱经费是包含在四百元之内，还是四百元之外。如果是四百元之外的，那么他每月的支出是四百加三百，一共是七百元。这个肯定不包括吃饭、买衣服，还有个人卫生用品，比如牙膏、肥皂、洗衣粉、卫生纸等。甚至是一些突发的用钱地方，在街上走着走着突然内急，要上个公厕什么的。像本人所在的这样的三线城市，小的五毛，大的一块。大的里面包括服务，提供一张卫生纸。擦不干净，厕头还可以提供服务，送两张纸进来，需要追加五毛。

看了他这个收支平衡表后，我心中油然升起一股敬佩之情。

竟然能用七百元在一个直辖市不仅活了下来，还实现了零用钱自给自足，还谈了场风花雪月的恋爱。但对他最后的说法我觉得不大能接受：“如果女友不能接受我的想法，我觉得她一定是图钱来的。”我觉得说这种话有点亏心了。因为你一总的年收入是五万元，就是全部从银行提现给人家女方，也是“老鼠尾巴上的疖子——没多大脓水”，放在北京也是一平方多点的水泥地。

我们可以坐下来算一下每个月恋爱经费三百元，能买些什么东西，这个购买力是依据我现在所居住的三线城市做出的，北上广的朋友可以忽略。牛肉面我家后面的面馆是十块一碗，能吃饱。三百块钱就是三十碗牛肉面，两个人平分，一人十五碗。如果要看电影就贵了，网上订票最便宜也要三十元一张，两个人就是六十。再买点爆玉米花，来点冰多可乐少的饮料，也要一二十块钱。三百块钱就去了三分之一了。如果时间选得不恰当，晚上还要请人家在街上吃顿饭，吃肯德基全家桶半价，也要四十多块。每个月恋爱经费半壁江山就去了，再想约得半个月以后了。

通常我们谈恋爱，起初认识的慢热阶段，一个星期见一回，实在觉得口袋里钱比较紧张的，半个月见一回。少于这个频率，你觉得这个事情还有必要进行下去吗？这个事情如同打铁一样，烧得火热的时候就要赶紧锤，错过火候就不行了。见面之后总要找个地方坐坐，天暖和的时候还好办，可以在街上买点饮料，或者带上吃的到公园草坪或歪脖子树下面，聊聊天。实在没话说，看蚂蚁上树，喜鹊打架。公园里有的是各种各样的闲人，有钓鱼的，有唱戏的，有遛鸟的，有跳广场舞的，颇不寂寞。也许你阁下是人中赤兔、马中吕布，人家女的就剃头挑子一头热，就情愿跟你在一块儿。跟黄梅戏七仙女追董永里的戏词似的："上无有片瓦我不怪你，下无有寸土是我自愿的，我二人要是能够成夫妻，任凭那海枯石烂，我一片真心永不移。"你甚至可以不要买饮料，在家里灌好白开水，两人分而饮之。吃的上面花个十块八块也是有的，我们这个地方早晨肉包子是一块钱一个，烧饼夹油条是一块五，如果加鸡蛋则要三块。

两个人两套烧饼夹油条，不加鸡蛋就是三块钱。交通费也是依照本地标准来推算，公交车一块，带空调的上车两块。不凑巧赶个空调车，你是男的，要有绅士风度，这两块钱你得掏。这一下子去了四块了。再要省就是骑电动车了，但骑电动车初期投资比较大。拿常见的"雅迪"牌电动车来算，两个轮的怎么也得要两千来块，还不包括今后维修、换电池费用，这样成本一年摊下来，一天也要近五元。在县级市不比公交车有优势，如果在大城市电动车也不实用，比如说北京那么暴大的地方，那是有去的电没回的电。所以说电动车这种交通工具就像我们这样的三线城市是非常合用的。

两个人聊得入港，看看表时间不早了，女方也没有走的意思，中午饭怎么办？街上黑乎乎进去苍蝇能把人推出来的小馆子，菜倒是不贵，但一只羊肉锅子也要四五十，稍微干净点的馆子非七八十不办。再点上一两个下饭小菜，比如雪里蕻炒肉丝或者红烧茭白等，两个菜这就得三四十。这两年来物价腾升，饭馆里虽说菜价没涨，可就在量上做了手脚。一筷子下去，就去了一半，不敢再吃了，就劝女方动筷子："来来，不要客气。菜不够再添。"一顿饭下来，百把块钱没有了。如果不凑巧这家馆子用的油可疑，回去弄个急性肠炎，又要买药吃。好的药一盒总要三四十元，差的买黄连素吃一瓶也得四五块钱，这个费用就侵蚀到零花钱里面去了。

但你不可能回回喊人家到公园坐地，就算是人家不烦，你自己也会烦。慢慢天冷了，外面实在待不得人了，势必要找茶馆或者咖啡馆，盘算来盘算去还就是央视说的"暴利"星巴克能坐坐。一人一杯新鲜调制，只要屁股足够结实尽可以坐下去。如果不点小蛋糕或者曲奇，消磨个半天花个三十几块钱也尽够了。茶馆是不能去的，两杯不知道什么地方的茶叶，标的"西湖龙井"，苦涩不堪入口，要七八十一壶，添杯子还要加钱。城里多的是黑漆漆的咖啡馆，但里面气氛好像也不太适合慢热阶段的男女。这种咖啡馆里，白天跟晚上一般黑，小桌子上有一盏黄晕晕的小灯，几个惫懒男女缩在角落里，大约正在做那警幻所训之事。不管点茶还是咖啡都一样的难喝，最重要的是贵！

综合上面的统计，三百块钱一个月的恋爱经费无论如何谈不上宽绰。哪里来的女方图钱？我看她是图穷还差不多。我姐说她们大学有个极品讲师，他也是这样规划自己的恋爱经费。比如吃饭多少钱，看电影多少钱，超过的就必须在其他地方省下来，比如说昨天跟女孩子出去吃了一顿好的，自感内心惭愧，第二天在食堂打饭的时候，菜就不要了。好在他们大学汤不要钱，这个汤是照顾穷学生的。海带青菜鸡蛋汤，油放得不少。寥若晨星的鸡蛋差不多都能让他给捞到，他就一饭一汤，陶然忘饥。恋爱结局可是不妙，屡战屡败。系里比他岁数大的姐姐阿姨就劝他："恋爱嘛！你要看开点。你看你家里条件也不错，你爸爸妈妈退休都有工资拿，做人那么小气怎么行？偷鸡你还要蚀把米吧！你狠狠心，浪费一点。姐给你介绍一个。"后来给他介绍了一个小学老师，两个人蛮谈得来。学校没课的时候，经常看到他反穿着一件羽绒服，骑在电动车上去接那个女的。办公室人都说这回应该差不多了。

谈了有大半年还是吹了。我问我姐什么原因，她说："有一回他们两个人逛街，天热。男的问女的喝什么饮料，女的说好长时间没吃红豆棒冰了。他看看马路边有冰柜，就跑过去买。等他买回来的时候，说巧不巧，女方遇到单位一个同事带着小孩走过来，两个人就站在那里说了一会儿话。讲师就把冰棍藏在身后，站在旁边笑眯眯地看着她们说话。等人走了他从身后把冰棍拿出来，一支已经化差不多了，另一支也快离了棍。他把冰棍递到女方手里，女的顺手就给扔了，连带把他人也扔了，掉头就走了，回来他还到处问人："她怎么就生气了呢？"办公室人都懒得理他。后来他请教我姐，我姐说："你也太小气点了吧！多买两个能死人吗？小气不说，人情世故还不通，我看你这个事情要黄。"大夏天他急得脸通红的，汗出了一身。再问怎么办，我姐说："你大方一点不行吗？"他带着哭腔说："我已经很大方了！我待她比自己都要好一百倍了。冬天时候我还给她买过一件羊毛衫呢。”我姐说：“多少钱。”他说：“三四百块钱吧！”后来他再打电话去，女的不接了，但人家最起码不说女方是图他钱来的。羊毛衫送了就送了，也没有往回要。这一注损失让他肉痛了好久，学校的免费蛋汤可是遭了殃了。他自己知道个人脾气就是这样，想改但改不了。

我问这个人后来结婚没有。我姐说结了，也不知道哪个不开眼的给他介绍了一个离异的女的，比他大着两三岁，带着一个小孩。当时他听说有小孩，不愿意，说帮人家养孩子，长大跟他又不亲，划不来。我问：“他教文科教理科？”我姐说：“理科，账不知道算得多精！家里用开水都是到学校热水房提，他也不嫌麻烦。”

这个人结婚后，倒是大大地浪费了一下。蜜月期给这个女的订了半年的牛奶，她们办公室有的刻薄鬼给起了个名字叫“蜜月奶”。喝了半年，他说没见肤色有明显提升，都白喝了，把这个牛奶也给停掉了。我说：“这个人脑子没什么毛病吧？”我姐说：“没有。两个字可以总结他——极品。”

有关炒股的一切

一次股市大跌之后我到一个朋友家里去，遇到他们夫妻俩正在吵架。男的说：“你这个猪脑子，你还记得我跟你说过不要炒股，不要炒股。你听了吗？”女的说：“这能怪我吗？你看看今年的股市，小散有几个赚钱的？我不也是想为家里多赚点钱吗？难道这钱是我穿掉了，吃掉了？”男的说：“你没看网上说的中国股市就是赌场。我宁愿你穿掉、吃掉也总比炒股亏掉好，说过你多少回了你可有一回听过？好不容易把旧伤养好了，你又偷偷摸摸给送到股市去。”看到我进来，两个人就偃旗息鼓了。我看着朋友余怒未消的样子就问他：“是不是炒股亏了？”他用手一指他老婆，他老婆一瞪眼表示再说还跟你干。我安慰他说：“是儿不死，是财不散。放那儿吧，等下一个轮回吧。”

他说：“我跟她说了让她不要炒股，不要炒股，偏不听。猪脑子！”这时他老婆正在泡茶，马上冲出来叫他的名字，然后正颜说：“你嘴放干净点，谁猪脑子？”我做了暂停的手势说：

“打住！不吵了。我说你一个大老爷们能不能有点囊气，不就是亏钱嘛，人没事就行了。今年这个小散谁不亏？”然后我这个朋友就举例说谁谁赚了多少钱从股市出来了，年头一百万进去六月中旬出来赚了多少多少。我问他“你是看见的还是听见的”，他不说话了。我说：“故事谁都会说，咱们信这个干什么？过日子关键是一家和和气气的，全家人没毛病，身体健健康康的不比什么都好？老天爷让你炒股挣一千万，忽然让你得个绝症你愿意吗？”说完我一指他的头部，他悚然一惊。然后我拿出于丹大姐那一套百试百灵疗心汤给他服了一剂，什么你改变不了亏损但你可以改变你的内心呀。见没多大起色，他还低头不语。我想我该下点猛药了。

一般安慰倒霉的人须提出一个比他更倒霉、更悲催的例子才能让他好过一点。这东西也没有什么好避讳的，人性当中就有这种喜欢看倒霉蛋的心理。比如很多人喜欢看负面的新闻：啊！又要打仗了，又闹旱灾，大姑娘都跑啦，给一口袋玉米就换，又炮决了几个。每看一次幸福感就上升好几个等级，觉得日子又能过下去了。

我说：“假如你活在这么一个国家，好不容易攒了几个钱都存在银行里。忽然有一天有人说以前银行的钱作废了，从明天开始大家全部用新钱，过去存的不算你说怎么办？”我那个朋友一听眼睛瞪得溜圆说：“他妈的！还有王法吗？我跟他们拼了。”我一拍腰间说：“你没枪的能干过他们有枪的？”他听了很颓然地把头低了下去说：“那干不过！你说这个可是真事？”

我说：“当然是真的啦！”我问他：“你现在可感觉好一点了？”他说：“好是好一点。但心里还是觉得堵得慌。”

说完他小心地朝厨房看了一眼，接着压低声音说：“这倒霉娘儿们只要炒股，家里一切生活开支全停摆，都要为她的炒股让路。你看看我现在可有个人样？”说完摸出一支烟指给我看说：“过去我可抽这种烟？最低也得抽个二十块以上的，现在抽五块钱‘黄山’。所以你今天自打进门我就没给你敬烟，拿不出手。她说抽烟对身体不好，直接把我每月烟钱给扣了，说拿到股市去赚钱。一包烟的钱放个十天半月就变两包烟钱。”说完又拉拉自己身上穿的背心，背心因为抽劣质烟经常掉火烫得跟铁匠铺师傅的围裙似的，上面都是火眼。“我跟她说买菜的时候给我在地摊上带几件新背心，光答应老不买。你知道她安的什么心？她想着省下一件背心的钱，十天半个月股市就赚出来两件背心。”我说：“这样是她的不对了。不能因为炒股影响生活，回头我来跟嫂子说说。”

我看光负面新闻的事例还不能安慰他，就举一个身边的例子。我说：“你认识老王吗？”他问我：“哪个老王？”我说：“开饭店的老王，大个子，经常蹲在门口跟后堂打杂的一块儿拔鸡毛的，想起来了吗？”他思索了一会儿，说：“嗯、嗯。是的，我们过去经常上他那儿吃饭，他怎么啦？”我说：“前几天我在街上遇到老王，看他愁眉苦脸的就问他怎么了。他说他到外面借钱，家里的钱都让他老婆炒股败得差不多了。我说现在总要剩点吧，赶紧出来吧！老王说他老婆在等反弹，股市的钱动都不能动。你惨还能比老王惨？妈的！当时我看着老王远去的背影真像大年三十躲债的杨白劳，真的！我当时眼泪都快出来了。”

我那个朋友听完老王的故事，他觉得好多了。他拎起茶壶给我续了一杯水说：“我们不比老王，人家是做生意的，有钱，亏了不心疼！咱们不行啊，咱们是工薪阶层，只能吃补药不能吃泻药。你说是不是？”我说：“话是这么说，世界上哪有光吃补药不吃泻药的事情呢？我说你站在女人的角度想想，一个女人自从嫁了老公之后，基本上就与激情和怦然心动绝缘了。生活当中除了相夫教子，买菜烧饭，还剩什么？有时买个包包还要被咱们说半天。股市给她们带来了活力与激情，而且要等七八年才能一次。七八年一次是什么概念？在这个周期里一般经济上受的伤差不多都养好了。多么好的女人呀！亏你几个钱怎么了？如果在女人出轨与亏钱之间选择一下，你选哪个？”我那个朋友说：“亏钱。”我说那不完了吗，还吵什么吵。

他听完我这番话，很敬仰地看着我说：“哎呀！你这要是年轻时候上部队当指导员，现在得当多大领导了呀？你太会做思想工作了。”

一笔遗产

我正在画画，师娘大马金刀地坐在旁边的懒凳上，一条腿搭在椅子的扶手上，两眼望着天花板。

“哎呀！这有半个月没来稿费了。那个上次谁来拿画，他的钱付了没有？”“没有。”

“给他打电话了吗？”我说：“打了，不在服务区。”“过几天我们上他家找找，堵着门问他要，就算他人死了债不能烂呀。”我说：“关键是他人还活着，就是居无定所。等着他良心发现吧！”

师娘弹指作响说：“哎呀！这个日子实在不能过了。信用卡透支到现在没还上，前几天请客又去了一注。还有车要到保养期了，最近你车也要少开点，费油。平常没事骑骑电动车吧！房子又要交月供了，到处都是花钱的漏子，却没有一样来钱的门路，真是叫我寝不能安，食不下咽哪！”我说：“你早上不是吃了一套烧饼油条，后来还煎了一个鸡蛋吗？”

她说：“你不要说话，让我好好想一想。看看家里什么地方还能开源节流，屋里还有什么能卖的东西。”我说：“除了卖人，没别的法子了。”她说：“你看看卖谁好？”这些个小地方她倒是挺民主的，我说：“自然是我了。我能写会画，还有一肚皮的锦绣文章。”她说：“别提你那个锦绣文章，不是那个锦绣文章还不至于穷成这样。我最近看这个豆瓣上一票红人都在急着营销自己，达令！你看看他们是真穷还是假穷？比如那个淡豹要一块钱卖一次猫叫，连真身都贴出来了。你觉着她至于穷成那样吗？”

我说：“万事皆有可能的。一般穷人有这样两种极端的表现，一种是极度的自尊，天天晒自己有什么名牌包包，吃什么好东西，在海里洗个澡就当了不得发上来。吃顿肉都要照相发微博的，生怕人家说自己穷，坐地铁别人代垫个两块钱，她过两个月还能记得还回来。另一种极度自卑，满世界哭穷，以哭穷来掩饰真穷，反反得正。知道吗？其实这是一种很蠢萌的办法，像一个饿得要死的人坐在那里哼：‘饿呀！饿呀，饿得要死啦！’旁人不晓得，以为是卖萌，结果真饿死了，这是一件很悲惨的事情。都被盖上芦席了，其他人还在小声说：‘装的吧！演技真好，我靠，这样都可以，一动不动耶！脚都伸得笔直好伐。’”她说：“你看淡豹离脚伸得笔直有多远。”我说：“她不会的。外国有很好的福利机制，再不济她还能披着毯子到基督教施粥厂打粥喝，每年圣诞节前后国外都有善男信女施衣服。赶上时候好也许有面包店老板把卖不掉的陈面包施给她。她冻不死饿不着，有什么好担心的。我现在倒是担心我们自己，这下一注富贵到哪里去取呢？真是给我愁死了。”

师娘想了一会儿，她说：“我写励志文章。我到豆瓣给人家励志去，听说现在豆瓣上小年轻可吃这一套了。”我说：“你拉倒吧！把你自己励好了就行。你说说你自己答应人家写的东西，拖了有半年了吧，还没交稿。”她说：“励志正是因为励不好自己，才去励人家的，反正就是扎针长精神呗！跟打吗啡差不多，管一时就行。”我说：“励志不是你的路子。”她仰头望着天花板。天花板上有些浮尘，上个月就说要扫的，说到现在也没扫——拖延症。她励我去扫，没励得动。她想了一会儿，说：“实在不行，妈的，我豁出去了！我他妈写心灵去！”

我放下毛笔说：“你这真是穷疯了！你写心灵，还不如买个丝袜套在头上抢银行去呢！这条路走不通，别人心灵咱们管不着。就拿你自己来说，你内心多黑暗啊！你看看人家苏更生还想着文学道路走不通就去开出租车赚钱。你平常没事净想一些怎么骗暴发户的钱，让我画假齐白石挣钱，或者就去帮人看风水，鉴定字画、降妖捉怪外带婚姻咨询，附送治落枕。你自己说说看，这个样子怎么做心灵鸡汤。就算你做出来，人家也是弗要喝的，里面透出一股怪味。”

她说：“你说我励志也不行，心灵也不行，把人家贬得一塌糊涂你就快活了？”我说：“一个人要知道哪些是自己的强项，哪些是自己的弱项。死鸡撑锅盖，自己累人家也累，你要发挥你自己的强项。”她问我：“我的强项是什么？”“写言情呀！写一场爱得死去活来的爱情，《失恋三十三天》那种的。”她问我：“跟谁啊？真打不起精神。我就是想钱嘛！”我说：“把爱情和金钱结合起来，先是爱情慢慢发展到金钱上去，然后升华到豪门恩怨。”她说：“这个太老套吧？行不行啊？你让我想一想。”

她陷入沉思的时候，我抓紧时间把画台上的道士捉怪图画完了，然后又用点赭石把人物的脸部染了。她在懒凳上一跃而起，说：“我有一个好题材了，你听听成不成？我前男友死了，给我留下了一笔遗产。”我说：“天下怎么可能有这等好事。”

她说：“你别说话，你听我说。这个前男友是我在大学时期认识的。我们相恋四年，出了校门以后我们共同打拼创办了一家电子商务公司。公司业务发展得相当好，当年就做了近一个亿的业务。但后来我们两个的感情却越走越远，最终我们分手了。分手那天，他喝得酩酊大醉，拉着我的手泣不成声，他说他离开我，所有的成功就失去了意义。还说不管以后我在哪里，这个公司永远有我一半股份在那里。我当时严辞拒绝了，挣脱他的手。冒着雨到公司拿走了属于自己的私人物品。我一边走一边哭泣，这时泪水混合着雨水。七月的南方草木滋生，这是个感情生长的季节，也是腐烂的季节！我离开了这座城市，飞机在暴雨的间隙中升上天空。轻盈的翅膀下，是大片大片铅黑色的云团，翅膀以上是一望无际的蓝天。我知道每一朵云团在为我哭！”我说：“我有点冷，让我穿点衣服！”她说：“你到柜子上把烟拿来，我要抽一支，回头跟你说故事梗概。”

她倒在懒凳上，向天吐着烟圈。我问她：“后来呢？”她长叹了一声说："后来我就遇到你这个穷鬼，跟他失去了联系。但是我知道他的公司越做越大，我常常在报纸和电视上看到他。后来听同学说他结了婚，成了年度财富榜上的风云人物。他打过一两次电话，我没有接。三年一次的同学会，我也从来没有去过，听参加过的人说，他在到处打听我的消息，问我过得怎么样了。他寄来的贺卡我也从来没有回过，我终始当他在这个世界是不存在了。一直到他把遗产留给我之前，我对他仍然有恨意……"我说："你等等，别浪漫了！哎呀！还真淌眼泪了，快擦擦。自己把自己给说感动了吧！你这个前男友怎么说死就死了？"她说："他死得比较惨呀！开一辆玛莎拉蒂被手扶拖拉机给撞上了，当场就被烧死了，黑乎乎的像一摊柏油一样。人缩得跟一团柠檬差不多大小。"

我说："你对他该有多大怨念啊！你这个本子还有点漏洞，你不是说你的前男友结婚了吗？那他就算是死了，甭管是烧死的或者活活被人砍死的，这个受益人也是他老婆呀。"

她盘腿坐起来说："哎，我光想钱，把他老婆这给忘了。"她拍着脑袋说："利令智昏哦，把他老婆给忘了。"想了一会儿她说："不是车祸吗，他老婆、孩子一大家子全被烧死啦！死个净打净，你说我为什么愿意当文学家，我手握生杀大权，'阎王叫人三更死，谁敢留人到五更'，我比阎王爷权力还大，我想他怎么死，他就得怎么死！"我说："为点钱，太狠辣了一点吧。就算他死了，那也轮不到你。男方还有父母呢，他们才是受益人。"她说："这个好办，听到儿子车祸而亡。老夫妻悲痛攻心，双双驾鹤西游去也！”我说：“那他老婆还有双亲呢，你怎么办？”她拍案而起：“你安的什么心？就不能让我好好地把这笔遗产拿到手吗？”我说：“好好，我投降，等会儿你该把我也写死了。”

我的晚年生活

前几天我跟风师娘去看了一个养老楼盘。售楼小姐带我们去看了周边的环境和样板房，她介绍说养老分这样几个步骤：第一步是住家养老，就是我们有自理能力。社区配备有相应的养老设施，比如老年活动中心和老年大学。老年大学里面教琴棋书画，以及摄影和编织。如果不想烧饭的话可以吃社区的食堂，也可以订餐由专人送上门。每幢楼的一层为老年阅览室、棋牌室、健身房，社区的居民可以办卡享受这些服务。如果失去自理能力就可以搬到前面的特护中心，分为不同的护理级别交相应的费用。社区旁边分别有两家三甲医院，提供二十四小时上门服务。送到医院就开启了终极养老模式。经过这个系列递进的模式后，我们将升往天国！阿门！

过去《黄帝内经》中说："二七而天癸至，任脉通，太冲脉盛，月事以时下，故有子；二八，肾气盛，天癸至，精气溢泻，阴阳和，故能有子。"也就是说，理论上女的十四岁、男的十六岁就可以结婚生子了。一般人过了四十就开始攒“棺材本”了，过了五十就请人将寿材做好，搁在屋檐下面。每年请人来刷一遍桐油，如果不死下一年再请人来刷，过了七十就可以刷成红色的了，意思是侥天之幸竟然活了这么大岁数，简直可以算是一桩可喜可贺之事。

我有个朋友过了四十五岁以后就把墓地买了，我问他为什么要买这么早，他说：“这也是一项股资啊，墓地年年涨，我怕自己以后没有地方埋。”他说他有个闺女，早晚是人家的人，还说：“我死了之后闺女遇到清明、冬至不得去给我上炷香烧点钱什么的。如果我葬在那个鸟不生蛋的地方，女儿去是没有话说的，女婿那就未必肯了。你没有听说这个老泰山驾鹤西游：女儿哭惊天动地，女婿哭黑驴放屁！”他又说：“我早买了省心，以后清明、冬至的女婿给他们家先人祭拜，顺便到我那儿燎一把也就行了。”我说你真料事得远！他接着劝我：“你也买一个吧！万一你自己用不着还能转手。我那里有朋友给你打个八五折，要不你买我旁边，百年以后我们还能在一块儿喝点小酒，月白风清的时候我俩坐在墓碑上赏月，看谁家的供果好拿点过来吃吃。”我说：“滚！”

但这个向死而生的人一直活得很积极，他有些很奇怪的理论，比如我问他：“你赚那么多钱干吗？”他说：“为将来老了做准备呀，这个老是转眼就来的事情。世上什么最苦，老来穷最苦。你看许多年轻时很豪爽的人，到了老了为什么变得啬刻起来了，什么原因呢？挣钱能力不行啦！手里翻来覆去就那两个小钱，疑心病又重。投资吧怕打水漂，子女无能有时还要贴补几个。所以看到纸箱、瓶子什么都往家里捡。家里东西舍不得扔，小辈子过来拜年封个压岁钱，都要说个大半年的。慢慢人家就不爱上门了，自己还埋怨人情浇薄，你想想是不是这个道理？”

他接着说：“我这几年还要买套房子，最好在医院的旁边。他们上次几个文艺中年喊我到乡下买地，就是把农民的房子买过来重建，前面栽上竹子，后面是菜地，吃有机蔬菜，说是过陶渊明的隐居生活。那简直等于放屁！你千万别听他们忽悠，人过五十慢慢各种毛病就凑泊上来了，住在乡下，万一有个心肌梗塞，等救护车上了门，人都冷掉了。你还别不信，我住在医院旁边存活率就比他们高得多。我住在医院旁边，一感到不舒服我就摁铃。小白车呜哇呜哇把我拉走了，到了医院输液打强心针，心脏起搏。就拿那个电击，你在电影看到那种，像两个拳击手套的东西，通上电，往心脏上按，一下、两下，了不起三下，我就被电得坐起来了。然后我养几天好了，回家了。我们是听了他这个意见，才有这个打算的。”

人老似乎就是从一瞬间开启的，也许是你第一次系鞋带感到吃力的时候；也许是你上六楼在中间站下喘口气的时候，也许是你无法一枕黑甜睡到自然醒的时候；也许是你和儿子玩闹时被他压在下面，大喊“服了！服了”的时候；也许是你拉单杠拉到半截，上又上不去、下又下不来的时候。

一个中年人是无法理解老年社区怎么会有那么多扶手的。

就像我不能理解上个月旁边单元的老张，前几天还在兴头儿上跟我说他在湖边弄了个别墅准备怎么装修，忽然在睡梦中就被死神的镰刀收割了。我觉得我要是在这个社区生活肯定会用到这些扶手，它们会被青筋暴露的手摩得油光水滑的。早晨四五点钟我们在床上醒过来，看着微明的天空摸索着穿衣服。这时的我像一个到处跑电的电池，睡了一夜觉还是跟上床时一样累。我扶着屋角的扶手走到卫生间刷牙。这时我已不能像年轻时刷得满嘴沫子，我一上一下慢慢地刷着，然后小心地放水，尽量不发出声音。老婆子晚上吃多了东西，夜里胃里滞气，翻来覆去地睡不好，就让她多睡一会儿吧！

我从门背后摸出拐棍，然后开始找帽子。我嘀嘀咕咕说："我的帽子呢？晚上才挂到这个钩子上的呢！"这时老婆子终于被吵醒了，她在床上欠起身子说："你的帽子不是放在沙发上吗？真是老年痴呆了。"我苦笑了一下说："你睡吧！要不要我给你带点早点上来？"老婆子说："不要了，你出去把门关好。上次你门没关，害我吹了穿堂风，胳膊疼到现在。"然后又杂七杂八说了一通什么，我耳朵背也没有听清楚。

我走了出来，看到隔壁的老马正在等电梯。老马说："早啊！""早啊，晚上睡得怎么样？"老马说："不好！我两点多钟就醒了。我年轻时候又能熬夜又能睡，头倒在枕头上就着。现在也不知道怎么了。"我说："说那个没用，这不是人老了嘛。"这时电梯下来，我俩让了让，然后小心地扶着电梯的扶手走了进去。我在楼下扶着拐棍站了一会儿，比我年轻的老人们正在练太极剑、扇子舞，有的人还倒挂在树上，像一只蝙蝠一样。有的顺着小区步道在跑步。他们跑过我的身边时跟我打招呼：“风老早！”我知道他们都在很努力地抵抗死亡，做出不投降的姿态。但是我知道这也是“然并卵”。我在楼下的草地上走了一会儿，觉得身上微微有汗。我拄着拐棍向食堂走去。

早晨我在食堂里要了一碗粥和一个馒头。馒头蒸得太硬，我跟桌子对面的老马说：“现在东西越来越不好吃了！我年轻时候我们家附近有个包子铺蒸的馒头可好了，又大又暄。这个馒头喂狗狗都不吃。”老张正把他吃不动的馒头小心揿碎，然后放在粥里泡着。他说你说的那是你年轻时候的事情，你那时候牙口跟钢磨似的，什么东西磨不动呀。他指指自己嘴里的一口牙说：“现在这个全不是自己的啦，能喝口粥就不错了。我以前开啤酒什么时候用过起子，拿过来牙齿一嗑就开了。现在说这个有什么用啊！”

年轻人一般看到老年人怀旧就觉得很无聊，这都过去了说它有什么用啊。但对于老年人也只有记忆中的东西还有价值，在遥远的地方闪闪发光。对于将来——他们知道那是什么地方。所以当他们怀旧的时候如果没有耐心听，可以托故走开。请不要耻笑他们，那个日子你们早晚也会等到的。吃完早饭我在老年阅览室看了一会儿报纸，字小，新闻里的事情似乎在过去都发生过。《圣经》里说：“太阳底下没有新鲜的事情。”人活的时间长了，很多事情都觉得乏味得很。老王、老马、老吴他们围在一起正在讨论扶桑国首相参拜什么神社。老吴说：“风老，过来一起吹吹嘛！”我从椅背上摘下拐杖说：“记得我年轻时候他们就去参拜，每回拜我们都反对。这么些年还在拜啊。这个鬼子也蛮有长性的了！”我说：“我得回去看看老婆子起来没有，要烧中午饭了。”老吴说：“你们家中午烧什么好菜，等会儿我带瓶酒。中午我们哥俩喝一盅。”我朝他摆摆手说：“拉倒吧！你别给我惹祸了，我戒酒都快四十年了。”

我回到家，老婆子已经起来了。她看到我说：“中午吃点什么？”我说：“把昨天剩的面条兑点水热热，里面下点青菜就行了。你还是吃面包吗？”她说：“我吃面包，还有点生菜和胡萝卜。”我说：“你怎么像个兔子一样，吃了一辈子也没见你长出尾巴来。”中午我们吃饭的时候，老婆子说：“你听到什么新鲜的事情没有？”我摇摇头说：“没有，老吴他们为参拜神社正生气呢！”老婆子说：“哦，你下午去跟他们打牌吗？”我说不去，老吴好偷牌，为老不尊。上次手脚慢被我抓住一回还不承认，不跟他玩了！“那你不去的话，等太阳落山的时候把阳台上的衣服收进来。我下午跟老吴老婆约了跳广场舞，看看跳一会儿胃里的窒气会不会好一点。”我说：“你去吧！你帮我把那个放大镜找来，我在家看看书，上上豆瓣。”

老婆子走了以后，我坐在阳台上上了会儿豆瓣，豆瓣上的熟人都死差不多了。年轻人说的东西我又不感兴趣，于是我就看了会儿书。没看两页，我就睡着了。风翻着书，掀动着我的白发——这就是我的晚年幸福生活啊！

1914年12月15日

1936年8月23日

1934年2月1日

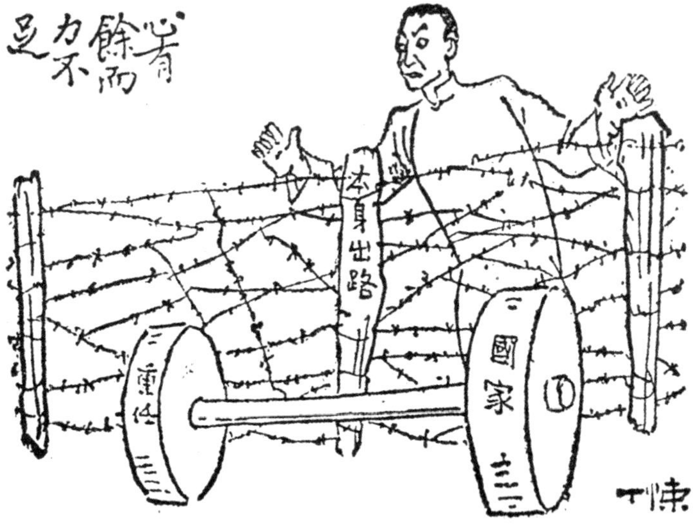

1934年9月1日

1934年10月14日

1936 年 6 月 6 日

家长会

儿子自从上了初中以后，每个学期都要开好几次家长会。家长会是每个家长必须要到的，不去的话要提前请假。每个到会的家长要在签到簿上签名。如果签到簿上没有名字，那你就要等着老师打电话请你单独聊了。

家长会开始之前，每个家长都会拿到孩子在本次单元测验中的班级排名，上面用红笔注明本次考试进步多少名或退步多少名。然后班干部会给每位家长发下来一个家校联系册。家校联系册是分栏的，语文老师一栏、政治老师一栏、英语老师一栏，依次排列下去。排名表发下来后，教室里一片沉寂。坐在我附近一名男性家长忽然抖起腿来，他努力装作一副无所谓漠不关心的样子。但我偷偷看了一眼他拿在手中的排名表，上面用红笔写着“本次考试年级退步一百二十二名”，估计他是在运功吧！儿子他们学校分为火箭班、卫星班、奋斗班。奋斗班是普通班，火箭和卫星是什么速度？你可以想象一下。

经过十几分钟焦急的等待之后，任课老师轮番登坛说法。

第一名是政治老师。我儿子一向在政治上失分比较多，主要是怕背。他有一次跟我说能不能在卷子上填幸福生活完全是你们领导得好！但最变态的是他们要求你说出来为什么好，哪儿好，以前怎么好，将来会更好！老师说，我们班这次政治失分比较严重，平均分才70.6分，这让我相当痛心。如果你们的孩子想上重点高中，从现在开始政治每次测验平均分要达到85分以上。有些同学在上课时不认真听课，甚至有一些消极的看法。这说明什么？说明我们的一些家长，在家里没有管住自己的嘴，你们向他们灌输了一些负面的看法。我希望做家长的要担负起向孩子传达正能量的任务。你们的言行直接影响孩子学好政治这门课的主动性和积极性。

政治老师接着对我们说，什么叫情商？情商就体现在学政治这门课时。老师说什么孩子听什么，我说打狗你不要撵鸡。在考试时把老师所说的、书上所说的写到卷子上去，能拿到分才是王道！现在不是要你们明辨是非的时候。等你们考上好的大学，等到你出国以后，你如果选择将这门功课完全忘掉，我没有意见。说完她一摊手，但是现在每天必须把这些东西给我背下来，有些家长你在晚上检查作业的时候，有没有听孩子背政治？如果没有背，你们怎么会在家校联系本上签字。同志们哪！从现在开始到明年中考，还有一年时间，时间紧任务重！我希望一些家长提高足够的认识，有些不必要的应酬就要推掉。现在一个家里就一个孩子，一个孩子弄不好就是百分之百的失败。有些人可能有不同的意见，认为三百六十行，行行出状元。但我可以告诉你，孩子在学习阶段没有弄好自己的成绩，就说明他在学习这一行中失败了。至于今后的三百六十行，我们还要走着瞧！说完她停顿了一会儿，拿眼睛往下一看。下面也似乎没有不同的意见，她接着说，政治没有什么窍门，就一个字——背。如果说数学、物理还需要一个人理解能力强才能拿到高分，政治弄不好完全是因为懒，这个“懒”字很害人。然后她提出一些具体针对提高政治学习的措施，有个家长就开始鼓掌。大家就一起鼓，跟开人大会议似的。

鼓完之后，语文老师又进来。语文老师说，在本次单元测试中，考了我们学的二十首古诗和三篇古文，考得虽然不错，但卷面不够整洁。班上有些同学因为卷面不整洁被扣了三分，知道一分是什么概念吗？一分要甩掉四五百人。想想看，四五百人在这个小操场上能排半个操场，但就是因为你卷面不整洁就丢分了，亏不亏心？所以从现在开始一切要围绕中考做卷子，不许用改正带和涂改液。家长在家里要提醒他们，不听的要适当采取措施。具体什么措施，可以根据自己孩子情况来制订。前几天有家长打电话给我说现在孩子逆反情绪比较重，而且报纸和电视上说一些孩子因为学习压力大，产生了跳楼和离家出走这样一些极端的现象，他们很担心！我可以告诉你们这是个例，不足顾虑。我们现在搞教育的非常为难。虽然上面说素质教育，什么是素质教育？怎么去考素质？没有一个标准。最后还是要归结到分数，小升初到了最后还不是要考？分数高的进重点班，分数低的进普通班。一年以后考高中，仍然是这种情况。我们这个班会有很多同学进不了好的高中，十四五岁上不了学，他去干什么？进高职、技校。高职、技校的校风是什么样的，我想在座的家长不是不知道。而且以后就业的前途也放在那里。你们是过来人，有些事情孩子不懂，但作为家长你们不能不懂。没有快乐学习这一说，人的本性就是喜欢快活，喜欢懒散。上学就是要克服他本性中不好的一面，老话说“要想人前显贵，就得人后受罪”，从我们班这个情况来看，现在他们受的罪还远远不够！然后她拿出一个点名册，她说：“下面我点到名的同学家长，在家长会以后到我办公室来一下。”很多家长带着大限将临的心态听她点名，等点完名之后轻轻地松了一口气。语文老师在说完话后，让后面的班长上来发卷子。她让我们回去仔细看一下孩子在语文试卷中哪些地方失了分，并且要有针对性地纠正这些错误。接着她说：“我的话就说到这里，大家各自努力去吧！”于是我们又鼓掌。

接着进来的是数学老师。数学老师嗓子是哑着的。她进来首先是道歉，说因为上午上了四节课，嗓子一直哑着。今天不能说得太多，希望大家原谅。她先在黑板上将明年中考的总成绩列出来，然后给我们算每门课的学生可以失分的情况。三所好的高中全市大致有多少在校生去考。如果想考这三所重点高中，最多一门失去十分就了不得了，不然连想都不要想了！比如体育考试是综合评定50分，如果丢掉十分，副科不是非常强悍就根本追不回来。跳绳规定每分钟多少次，达不到就扣分。

她说我也急，我们班上有些同学被我拧过。太肉了！考试的时候还在那里转笔。到了中考的时候那么多题目，你首先选会的做，然后再做难的，你一边转笔一边想，卷子还没做完人家来收卷子了。做个作业哪有那么多零碎？笔转得好为什么不到马戏团去？猴子都会转笔。现在班上有些同学还以转得溜刷为荣，私下里还进行比赛。如果被我抓住照拧不误。家长轻轻地笑了，有的说："支持老师拧！"数学老师做了一个手势，大家立刻鸦雀无声。她说我们班数学目前整体情况还不错，但不能懈怠，初二是个关键阶段，成绩掉下去就很难再起来了。这个时候就会呈现出两极分化的现象，好的越好，差的越差。一旦当他听不懂的时候，他上课就会分心。然后有严重的挫折感，这个时候他就会去捣乱其它同学。所以我在这里把丑话讲在前头，不想中考的同学的家长可以表个态。今后我将绝不为难你们家孩子，我可以把他的座位调整到后面。我这个话不是针对谁，希望你们端正态度，配合老师将剩下的一年充分利用起来。

数学老师讲完了后面随着又是历史与物理老师。一直讲到天黑了，操场上体育老师还带着学生在跑步。跑步也是中考必考的项目。坐我旁边的一个家长说："现在孩子们真累！"我说："我们也累。"

最后是班主任讲话。儿子的班主任是英语老师。她主要针对班上最近一些同学的个人隐私做了一下发挥。前一段时间因为教室里装了监控，有些同学说了一些怪话，比如侵犯个人隐私之类。这些话被安插在群众中的"小特务"报告给了老师。

她说装监控不是我个人的行为，是学校统一要求，而且在教室里装监控是合法的。如果这个东西装在你们家里那才是违法。不要试图将正常教学管理和个人隐私混为一谈，持有这种抗拒心情的同学，我劝你们早早丢掉。还有最近检查女生书包的情况，有的女同学回家哭诉说我侵犯你个人隐私。我为什么不检查别人的，单单检查你的呢？上学是来学知识的，你书包里装着口红、香水和小镜子干什么？虽然说爱美之心人皆有之，但你现在爱美爱得太早了。如果你不改正，我还将继续侵犯你的隐私，一直到你改正为止。在这次家长会上我让我们的女生家长回去给她们也带个话。书包检查我们会一直进行下去。妈妈要注意检查自己的化妆品有没有丢失的情况。还有女生买衣服，不要让她自己参与什么意见。买什么穿什么，哪来那么多讲究？男生因为开窍晚，目前爱美的也仅仅停留在留长发上，但也希望让他们定期理发。天热了，再加上他们活动也多。教室就这么大，气味都熏人。啊，我就说这么多了。

开完家长会出来，月亮都出来了。一群人黑压压的在月亮底下走，等到四叉路口就慢慢走散了。

亲爱的，我越来越跟不上你的脚步

Bruce Springsteen 在纪念“9•11 事件”的晚会上曾有这么一首歌，歌中唱道：“亲爱的，我越来越跟不上你的脚步。请你耐心等我一会儿。”李春林现在就这么一种感觉。他觉着累，他觉得他的生活出了一些问题。他不想跟在别人后面气喘吁吁地撵了，他没有耐心了。他觉得他像一个水壶，水从底部一下子全流光了。他口中这个称作“别人”的人也不是外人，就是他老婆。

李春林是我一个画友，一个很内向的人，不苟言笑，只有很对脾气的人他才能说几句。前几天晚上他老婆正在客厅看电视，他在书房画画，画了一会儿，就走出来站在客厅里。他家的客厅很大，很空旷。他一会儿看看天花，一会儿看看地板。他的老婆穿着睡衣，蜷在沙发上，频繁地换台，他搬了把椅子坐在沙发旁边。这在他是很少见的，老婆抬起头很惊讶地看着他。他说：“我们离婚吧！两套房一人一套。存款归你！”说完话，他就走进画室，把门轻轻关上。然后敲起木鱼，他是每天都要敲木鱼的。老婆始终坐在沙发上看电视。书房里传来“嘚、嘚”的木鱼声。她坐在那里想哭，但是她没哭，把眼泪留到我们画室来哭了，她坐在那里含着一泡眼泪诉说春林的新鲜罪过。

上面发生在前几天晚上的某一场景，是春林老婆复述给我听的。我不知道他们的婚姻关系是从什么时候开始出现裂痕的。我从导致婚姻问题的几个主要方面给她分析起：“老李在外面有人了？”她摇摇头说：“要是有人就好了！”“那他藏私房钱？”好几个画友都喜欢背着老婆藏钱。国庆把钱藏在画轴、画筒里，短裤贴“鸡鸡”部位的口袋里。不拿仪器你都侦测不出来。春林老婆摇摇头说：“不是！我们结婚这么多年，没有为钱红过脸的。”我问她那为什么会这样，她说他就是不想在一块儿过了。我问她有理由吗，她说没理由，然后就红起眼圈带着哭腔说：“结婚这么多年，我对他怎么样，你们是看到的。”我一听这话就头大，标准的怨妇腔。我只好拿起笔画画。我是一个很好的倾听者，你讲你的，我画我的，偶尔“唔唔”两声，说明我在听。

她说：“他从北京回来的时候，你是知道的，身上一文不名，又不好好上班，非要画画。我想，你画画嘛是好事，我是支持的。我就从娘家借钱来跟他开了这个店。开了这个店，十天倒有九天不在店里，说是要出去写生，一会儿跑到云南，一会儿跑到西藏。死文艺，钱花得稀烂的，画画跑近一点不行吗，不都是山吗？店里挣的不够花，晚上我还要帮人家公司代账。苦！累！我不怕，就盼着他事业好，把画画好。盼到后来盼出这种结果了！”她把手一摊，眼睛怨愤地看向天花板：

“我跟了他算是倒霉，嫁了这么个现世宝，当时多少人劝我说春林这样的人不能嫁。仰头的婆娘低头的汉，李春林走路什么时候抬过头，他就是算计人呀！算计我跟儿子，你看他哪天跟儿子有好脸色好声气的。这个我都不说了。还有他们那一大家子，我们穷的时候谁管过我们，哦，现在想起来了，二老有病要花钱了，想到春林了！不是亲也是亲了。我算是让他们这一家活拖死了。现在他还找我离婚，我想想倒要做梦都笑醒了！”“离！过完年就离！”“今年我们各过各的！省得到他家看他一家子嘴脸。”“将来有他后悔的一天。你们能看到的，就算是他跪在我面头，我也不悔的。我的心啊，算是让他伤得透透的了。”

春林老家在乡下。他是长子，自小喜欢画。高中毕业考的中央工艺，考了三年才考上，家里欠了一屁股债。后面的弟弟妹妹上完初中就出门做工了。年底回家他爸爸挨个问带了多少钱回来，弟弟妹妹用满是裂口的手从怀里把钱掏出来，连五块、十块都放在桌子上。春林爹晚上蘸着口水一张一张地点，碰到破的就放到一边，然后拿面糊细心糊好。他要把他们做工的钱凑到一起，供春林来年的学费。年三十晚上，春林爹给两个小的一人倒一杯酒说：“现在你们是苦些。等把你哥供出来就好了，你哥将来挣大钱，能亏得了你们吗？你们是一奶同胞是不是？”两个孩子听了都点头。

春林一说到这个事情，就觉得心里有愧，说对不起他们！今后二老的养老送终当由自己一个人包下来。他从中央工艺美术学院毕业出来后，本来要跟一个山东女孩到山东烧瓷去，被他爹给骂了回来。他爹骂他无父无君，说画画费了那么些钱，现在毕业了，要跑路也得把家里的债还上再走。春林是孝子，只好与那个山东女孩洒泪而别，亲手掐灭自己的艺术梦想，回来踏踏实实在一家广告公司做设计，一做就是七年。

七年之后，春林还是个光棍，我就是在那个时候认识他的。我们一起到塔川去写生。走在田坂上，春林指给我们看各种植物。他认识许多植物的学名、俗名和用途。在野外，春林快活得像个孩子，话也多，不像在城里话少，终日阴沉着脸。路上一同去画画的，有个女孩子，叫于不群，圆圆脸，眼睛小，笑起来，眼更小，弯得像个月牙儿。于不群喜欢笑，喜欢说，话多得让人头痛。她喜欢和春林在一起。春林像根木头，她是站在木头上的一只翠鸟，喳喳地叫个不停。我们故意落在后面走，让他们两人流连田间、树下、水井，粪池边。我们觉得春林应该跟于不群有戏。这两人互补，春林话那么少，不群话多，没有理由不在一块儿。

路上还有一个男的也对不群起了爱意。这人也是二十七八了，想老婆想到发狂，喝多了会抱着树撞头哭，诉说无妻之苦，树叶被他撞得落了一地。他和春林为不群争风吃醋。春林是老实人，老被欺负，他也只是红了脸，半天半天不说话，画画的时候把自己的下嘴唇咬来扭去，显得很不开心，纸上的颜色画得黑漆麻乌的。我那时尚没有男女之心，无挂碍得像鲁智深，专一好打抱不平，觉得春林好可怜！同情他，也想撮合他与不群能成一对，一路上就拿酒灌那厮，天天晚上找他喝酒，不喝就打。他又打不过我，只好跟我喝，醉了就躺在地上装死狗。不群看这个醉鬼可怜，身上吐得全是饭菜，就过来帮他把衣服脱了，拿到溪边洗干净，然后拿条毛巾，用热水绞了来帮他揩脸。春林看了更是心酸，把头别过去，不忍心看。

后面的行程，春林就基本上跟我们在一起，让不群跟那厮或前或后地单独行走。春林跟我说："看来不群是喜欢他的，你们就不要跟着起哄了好吗？"然后就是一些高风亮节的话。比如"只要他对不群好就行了！""我喜欢不群，就把她放在心里。"反正就是一些让人齿冷的文艺语言。这使我很瞧不上春林。这不才输一阵吗？喜欢，就算结婚了也给她抢过来，横拖倒拽扛回去。小知识分子的软弱性，让我怎么说你好哦！

不群后来也没嫁那厮，好了半年有余就分手了。她嫁给了一个老艺术家，一个比她爸爸还大三岁的老汉，弄得我们后来跟老艺术家见面很不好喊，所以现在不大联系了。这个消息使春林很不开心。他气得在画廊里旋来旋去地走，一边走一边喊道："堕落！堕落！不群这是堕落呀！她以后不会幸福的。"我一边翻画册，一边觉得他好笑。我说："那她跟你睡觉觉就不堕落了！"他气得脸都红了，嘴唇直抖。他用手指着我说："你怎么可以这么说话！""本来嘛！不群想嫁谁嫁谁，你管得着吗？"我说，"这是人家自己的事情，跟堕落不堕落的碍不上。如果她请我们去喝喜酒，你有那个心随个份子，没那个心连份子钱也不用出。"春林说："她一定不会幸福的。男的太老了。"我说："何以见得人家以后就不幸福呢？"春林说："性生活不和谐呀！我看过一本书上说，男的过了五十就不行了。现在这个老家伙已经快六十了，不群才二十八。等不群三十八时，他就七十多了。你说这怎么办？怎么办，嗯？"

不群结婚的时候，春林还是去了。他去了就喝，喝多了到处找人碰杯，搂着别人脖子喷着一嘴的酒气耳语道："不群今晚漂亮不？"别人拿他当酒疯子。他一个桌子喝到另一个桌子。最后人都走光了，他一个人坐在那里，还在桌子上的酒瓶堆里找酒。看到瓶里剩几滴，就举起来很珍贵地倒在杯子里，然后仰起脖子，一口干了，喊道："痛快！痛快！""性情中人！""真牛逼！"他是在赞自己的好酒量，最后我们几个拖死狗一样把他给拖起走了。不群走得早，她也忙了一天，老艺术家也乏了，想早点回去。她拎着婚纱把我们几个喊过来说："春林今晚有点失态。你们几个可把他看好了，改天我单请你们。"然后就跟长毛老汉匆匆上车走了。

春林被我们拖出来以后，在街上一会儿踢垃圾桶，一会儿拿头撞树，一会儿找人打架，一会儿上电线杆子，像个活猴子一样，没一刻的消停时候。后来他躬着身子，指着我们众人，带着哭腔说："我是傻！我成了笑话了。我玩真感情，你们有种吗？敢玩吗？"我们说："我们没种！我们不敢！你是爷。你上车好不好？"春林不上车，春林在街上疾走。所以现在一说到春林，我就想到他在街上披发疾走的样子。

春林一直到三十六七岁才结婚。我的现在这个老婆，是诗人老季介绍的。老季跟女孩子的妈是诗友，都是作新诗的。他老婆那会儿大专毕业后，在省城找了一份工作，做财务。等把各种财务上的证照考全了以后，一看岁数不小，慌不迭地开始找人了，想不通怎么一下子就到二十九了！他妈就病急乱投医。反正两人在相亲的路上也是蹉跎岁月，这两颗仓皇在茫茫人世的流星就撞上了，是老季让他们撞上的。

老季那一张诗人的嘴比媒婆还会说，逢人减寿，遇物添价的，天花乱坠，死黄鳝都能被他说得游起来。老季介绍春林是我省著名青年艺术家，写得一手好字画，文能测字，武能担屎，经天纬地之才，早晚必能出将入相。结果就把女孩家妈妈说得心动，求他一定要把这个有为青年介绍给自己的女儿，请他吃饭，送礼物若干，老季才开了金口。揪住两人撞个满眼金星。春林正被他爹妈就婚姻大事天天追杀着，也是慌不择路，女方也如惊弓之鸟，同时撞到网中。正如上帝造明暗，创宇宙开万物，事情就这样成了。

结婚没多久，春林老婆下岗了。春林说不怕的，我们自己有手艺，怕什么。春林辞职后开了公司，让老婆做财务。春林人厚道，肯吃亏，肯吃苦，生意还不错，挣了些钱，过日子也尽够了。先是买了一套房子，位置不好，但价钱便宜，面积大。城改后，一拆迁，他那套房子成了沿街门面，也是苍天有眼。孩子也渐长渐大。

春林疼他的老婆，但谈不上爱，不亏待她，挣来的钱都交给老婆管，要钱了就管老婆要，反正就像所有夫妻一样的那种爱。淡淡地、温温地过着日子，这样干了有十年。春林老婆这十年也真不容易。孩子小，每天从幼儿园接回来，就放在门口闲耍，自己翻过门槛找妈妈要吃的喝的，说："妈妈我饿！""妈妈我冷！"他们两口子就用头抵着儿子头测测体温，看他是不是发烧了，然后加衣服减衣服。儿子上小学三四年级的时候，春林把广告公司关了，弄了个画廊。他还想画画，老做这个艺术梦。他觉得有了这十年的家底子也应该差不多了。

他老婆很支持这个主意。她觉得她家春林有才，说要么就不干，干就要干好，租了一楼一底的房子开了个大画廊。三个月没开张。画哪有那么好卖的，卖画要有名。春林没有名气，画当然卖不掉。他老婆想明白这个事情后，就开始张罗怎样结交一些艺术界的名流。

春林不愿意，觉得丢人。他想：如果不行，我搬回家去，做退一步想，或者做做其他事情也是好的。老婆嫌他没有男子气，遇到一点挫折就打退堂鼓，天天鼓励他说："你好好画，剩下的事情我去办。我一定给你做到，你看着吧！"她心气很高，要做一个大画家的夫人，穿好看的衣服。春林开盛大的画展，亲手把镀了金的剪刀递给她，让她剪，然后把这个画展题献给她。最后牵着她的手，让她在新闻媒体的朋友面前说说她如何在碌碌凡庸中发现了春林，又怎么把他打造成一个著名的艺术家。说得春林热泪纵横，一把拥她入怀，做海誓山盟状。

这事弄得春林很累，连我们看了也觉得纠结。春林的才分和我们自己的才分，大家心里都清楚。这不是瞎张罗的事情，实际上做这些就图一个乐。但他老婆不这么认为，她说现在这个时代什么东西都要宣传包装。原来春林没做好，那是因为思想没开窍。她一定要把这个花岗岩脑袋给敲开，灌进醍醐去。况且她还有一点社会资源，有这么一点小小的野心过分吗？春林的老婆要还给我们一个神迹。春林又不能喝酒，天天奔走于官场和酒场间。人倒是胖起来了，精神一天天弱萎下来。常常看到他坐在画案前的圈椅里，半天半天地发愣。半天回过神来，伸出手，把一个紫砂壶凑到嘴边，喝一口茶。大喉节上下滑动一下，水像是落到一口古井里去了。

春林老婆的哥在下面一个市当市委书记，这让她觉得底气更足了。她哥说："妹子既想做，哥哥支持你。咱一年办一个，不行上北京、上海办去。"她哥我见过几回，倒是一个蛮低调的人，见人就呵呵地笑，伸出一只手，等着人来握住，然后一把攥住，不住地拍，左右环顾，似乎是等秘书趋来介绍来宾姓甚名谁。她哥也不容易，先在一个国企里当厂办秘书，夹了十好几年的尾巴，大气都不敢喘一口，好不容易熬到处级干部的时候，春林老婆找他办调动工作的事情。他说办不了，一口就回绝了。春林老婆气不过，回家跟老爸说。她老爸也觉得不能理解，说生了这个绝情的儿子。她哥就含着一泡泪说："爸爸，我不是不想帮妹妹办，实在力不从心呀，而且我现在正处在上坡阶段，一点闪失也不能有。这个事情我一定要给妹妹办，而且是人家上赶着要帮我办，今天我把话搁在这儿，现在我给她办，能办成什么样？谋个临时工，打扫卫生什么的，不解决根本问题。”他爸一听，知道这个儿子是有打算的人，心疼得不得了。说咱这个小门小户的人家，不出个当官的，万世翻不了身。他说你好好地奔吧，只要心里头还装着你妹妹这桩事就成。

她哥很争气，从处长到正厅只花了六年工夫，果然是人家来帮他解决他妹妹的工作问题。她从一个准家庭主妇的状态，一下子做了职能部门的领导，补了个正处，在咱这小地方就算是体面人了。这时她发现春林出问题了。这个本来在磨道蒙着眼走的小黑驴发疯了，不拉磨了。她给春林连着办了四场相当上规模的个展。春林在个展的开幕式上表情冷寂，像八大山人的鸟一样，翻着一对怪眼，对人爱理不理的，就看他老婆一个人上蹿下跳地应酬，比如："某老你来了！""某长你最近可好呀。哎！春林你过来一下，某长也来看你的画展了！"春林懒懒地走过来，与人捏捏手，掉头便走，弄得人家很无味。

开幕式上，请了许多人，每个人都要讲几句。最后轮到春林说话。他的胸口别着花，可能有点碍事，他把花从胸口拿下来，细心地包好。春林个子高，把话筒往下调了一下，有气无力地说："看画吧。"说完就走，想想回过头来对着话筒说："谢谢老婆。"说这句话的时候，倒是看着他老婆坐的方向说的。不知道为什么，下台的时候，春林的眼睛有点红。大家纷纷鼓掌，说春林老婆了不起，这么大的阵仗，一丝也不乱。

这次展览后没多久，我听朋友说春林信佛了，酒肉都戒了，每天只是看经敲木鱼。我听了笑笑没有当回事，画画写书法的人当中信佛的多了去，这也不算稀罕了，就没往心中去。后来我见到春林，他请我吃饭，也是点鸡鸭鱼肉请我吃，自己弄了一盘青菜在旁边吃。对熟人，春林还是喜欢说的。我问他断荤以后的感受，他说神清气爽的，胳膊上的皮能拎多长的，夏天三五天换一次衣服，身上没有汗味。我的天爷也！我说鸡蛋可以吃吗？他说如果确定是孵不出小鸡的还是能吃，但哪里就敢断定呢，万一是条性命呢？所以索性连鸡蛋也不吃了。我问他牛奶喝吗？他说牛奶也不喝，人把牛奶都喝了，小牛喝什么？他把青菜吃完后，就很安详地看我享用酒肉，好像一点不馋！我心想弄个周年半载怕也差不多了吧。谁知道他持律甚严。现在算起来，断荤已有五年了。他自断荤以后，连敦伦之道也戒了，晚上老婆喊他进房睡觉也不去，只是在书房打坐念经。

慢慢两人就划江而治，分床而睡，钱各人花各人的，日子一天一天地过去。就在前几天，春林给他老婆写了一封信说："这几年我们过得都很难受！我觉得这么过下去也没有什么意思。现在孩子也大了点，我觉得是时候了。"说完对财产分割的一点意见后，信中又道："这么多年了，都是你在安排我。你也累，我知道。不知道你有没有考虑我的感受。我累了，不想这么跌跌撞撞地走了。你饶了我吧，我想过我愿意过的生活。"

倒挂金钩

前段时间我到医院去看一个同学他老爸，他是在街心公园练“倒挂金钩”时受的伤。他躺在床上头上缠着绷带，只露出两只眼睛。我拉了把凳子坐在床边安慰他几句，跟首长安慰在前线受了战伤的老兵似的。我说：“不要着急！伤筋动骨一百天。您老人家天天练，身子骨比一般人要好得多。这伤要搁在别人身上一百天也不见得好完全了，搁您这儿五十天准保就好了。我问医生了，医生说今后不耽误你练功。”他从被子里伸出手跟我握了握说：“你这么忙还来看我。谢谢啊！”我在他手里塞了一个红包说：“应该的！应该的！”然后我把他手掖回被子里去说：“天冷，别受凉了。”他把手中的红包举起来说：“人来就行了，这个坚决不能要！”我坚决地把他的手摁下来，跟他说：“一点心意，嫌少？”我回过头跟我那个同学说：“老人家住院，家里谁在医院陪床啊？”他凑近一步说：“我跟我弟，我俩轮班。我老婆在家烧饭、送饭。”我点点头：“唔！这样很好。

这几天多做点骨头汤给老爷子喝，老年人身上容易缺钙，骨头发脆，以后不能弄那些高难度的动作，人上岁数了要服老。”他爸听我谈到他，就把被子往上拽，一直拽到下巴那里。他专注地听着。

临走，我站在床边跟老人家说安心养伤，家里的事情别管了，就安安心心受用他们几天怎么啦？他含笑对我点点头，然后在床上略欠伸了一下说：“不能送你了！人来我就感激不尽了，还包红包！”我对他示意躺着别动。到了楼下我问我那个同学：“你爸为什么要练‘倒挂金钩’呢？这是哪路的功法？”他愁云惨雾的脸上忽然放出光来，他说：“你又不是不知道我爸，什么事情都爱别出心裁，别人玩的，他都不玩。比方别的老头爱练的什么太极剑，捏个钢球啊核桃啊，散散步，踢踢腿，他都不练，觉得跟人家一样没意思。街心公园那儿不是有一排广玉兰树嘛，栽了十好几年了，老也长不大，他把腿倒勾在树杈上，头冲下一吊吊老半天。别人来跟他聊天，他就倒着跟人家聊国家大事，什么国际油价下跌、公务员涨工资、大老虎、苍蝇。他每天六点准时出门，到了街心公园就倒吊在那里，成了公园一景。那个树杈都让他磨得油光水滑的。他有一条黄军裤特意让我妈在腿弯那里加了一层厚布，不然早让他磨穿了。老有人来问他练这个有什么用，治什么病，他说：“什么用也没有，什么病也不治，我就喜欢倒吊着玩。”他吊完一个小时后，从树上下来。从树根下面拿出一个保温杯，里面泡着参片和枸杞，连喝几大口，早功结束。晚上如果不下雨，还要来吊一会儿。等新闻联播结束，他就回去了。后来好几个老头疑心他有什么独门心法不愿意外传，就偷偷跟在他后面练。早上玉兰树上像蝙蝠似的挂了好几个，都在树下放只保温杯，泡点参片和枸杞，上火的时候加点金银花。”我问他说：“这下一代宗师摔下来，他们应该没人练了吧？”他摸摸脑袋说：“我靠！如果不是他老人家身手了得，胳膊撑了一下，差点把脖子都窝到腔子里去了，后脖梗子摔得不成样子。还是吊在树上的那几个老头把他送到医院来的，把他们吓个半死，这以后谁还敢练呀？”

后来我骑车经过街心花园时，还是看到有人在练这路功法，不过改良了，他们用手吊在树杈上，两只脚缩起来，做出随风飘荡的样子。有一对老夫妻，各人抓住树左右伸出的两根树杈，正在前后摆动，脸上笑嘻嘻的，像两个无锡大阿福挂在树杈上。他们可能不知道首创此功法的人，正拐着腿给鸟笼里的鸟儿添食换水呢。可怜的树啊！

你知道得太多了

谍战剧中有一种人会死得很惨。他们会在吃饭或者睡觉，甚至“嘿咻”的时候，被一支黑洞洞的枪口顶着脑袋或后背，最后死到临头一定要问一句：“为什么杀我？”“你知道得太多了。”一个阴森森的声音说。然后——就没有然后啦！

知道得太多会成为被杀的理由吗？我想那是一定的，知道得太多本身就是该死的罪状。我每次遇到老钱，都想杀了他。世界上没有他不知道的事情。如果火山口是释放地球压力和热量的出口，那老钱就是地球上人类一切奥秘和隐私的发泄口。周围的人称他为“钱大学问”。有一次他给我看他微信中收藏的公号有一百多个，我问他：“这你能看完吗？”他说：“我选重要的看。就这样也要看到晚上一两点钟。”

我问他：“你那么勤奋，你老婆知道吗？”老钱说：“我早跟老婆分床了，她知道不知道跟我有什么关系？现在这个信息爆炸年代，你不学习不行啊，跟不上时代！以前电脑流行的时候我就没赶上。我不会用输入法。我看别人发电子邮件、弄博客觉得挺好玩的，但是你不会打字那不是白扯？我学过八种输入法，可一种也没学会。其中有一种输入法极其古怪，叫‘两指输入法’，分别用左右两根食指打字，教我的老师可以打得很快，小鸡啄米一样。现在能手写能输入了，这个简单不要学。我不像你们白看人家东西，我看过都发表意见，写得好我还给他们打赏。”

我劝他说：“这些东西看多了对你生活也没什么用，为什么老惦记着跟上时代？让时代跟你一回不行吗？有这个时间不如到楼下跑跑步。手机屏幕那么小，你天天凑在上面看，多费眼力呀！别把眼睛看出毛病来了。”

老钱说：“我有防护措施。每天早上我都泡一杯决明子茶，里面还放点西洋参。还喝野菊花茶，菊花能清火明目你知道吗？我在一个中医公号上看来的，公号说人最重要是养肝，肝主目。只要这个肝好，眼睛就没有问题。”我说：“那好吧！”

“那好吧”，是陈小克同学的一句口头语。她一般遇到杠子头或者冥顽不灵的人总会来这样一句：“那好吧！可能你是对的。”这句话在我们家现在很风行，遇到一些处于临界状态的时候，我就会说一句：“那好吧！”对方就知道这是在举休战的白旗了。但这句话在老钱那里不管用，他捧着手机说：“哎，我翻给你看。这几十个公号都是我精心挑选出来的。你不要急，你扫他们二维码就能加上了。”我说：“我不加，没那个闲工夫看。”老钱说：“这个都是知识，你听我给你念一条。”

"'惭愧罪人徐翠芹当众忏悔，我做了十八年水产，只知道损人利己，做了很多对不起大众的事情，我在所有卖的水产品里添加毒素。我使用毒针扎王八的脚将黄色素和兴奋剂注射到王八的体内，王八就变得好斗。肚子里的油也会变黄。'哎，你们几个上次到饭店吃完王八出来，就变得很好斗，脸色也发黄，可能就是这个原因。你要是早看到这个消息，那不就避免了吗？你听着，黑鱼也是这样，你听我给你念——'黑鱼进货以后，我是放在桶中。然后加入黑色素和避孕药。这样黑鱼就显得比较黑，就能卖上好价钱。'现在人为什么生小孩子难，各种治疗不孕不育的医院层出不穷？这都是从嘴上惹出来的麻烦。上次我看一个公号上说小西红柿也是转基因食品，这个不能吃。以前我不知道，晚上看电视的时候能吃一大盘，怪不得那一阵子我觉得身体有点不对劲。哎！你知道俄国普京不让他们国家种转基因农作物，你说我们国家怎么不管起来。是不是研究农业专家拿了洋人的回扣？我就说嘛，这个洋人哪里有那么好心。以前用鸦片害咱们，现在这一招不行了，就改用转基因害我们。我家里转基因食品是不进门的，他们买了我就给扔掉。我把那个公号转发给很多人，有人竟然回复说我科学盲、造谣。我是为他们好才转发给他们的，真是狗咬吕洞宾，不识好人心！"然后他朝牌桌那边望了一眼低声说："听说刘风云他老婆想要二胎，等会儿我把这条转给他。"

"还有螃蟹也不能吃，里面的蟹黄都是人工打进去的，"他又翻了一个公号说，"《水产品你可能不知道的秘密》这篇文章里面说了，蟹黄是用黄粉、米粥汤加尿素精打到壳下面去的。”“放屁！你看见过别人打进去还是吃过？”正在牌桌前斗地主的老冯对他怒斥道。老冯说：“我到一个朋友养殖场去过，我问他这个往壳下注射蟹黄的事情，人家笑得半死，说这个根本不可能的，问我听谁说的。你就天天在外面传谣吧！哪天警察把你抓去了，你就不传了。”

老钱翻了他一白眼说：“他是干这个的，能把里面的道道跟你说？俗话说老王卖瓜，自卖自夸，哪有人说自己东西不好的？信不信由你。”说完他又津津有味地低头看起订阅号了。对面的刘风云问老钱：“那个万科跟宝能怎么回事你知道吗？”老钱抬起眼睛，热烈地看着刘风云说：“这个你问我算是问对人了，这一阵子我天天在看他们‘打仗’的新闻。我分析这个事情还是王石太托大了。有点膨胀了，结果弄得阴沟里翻船了呗。这个周幽王为博褒姒一笑把江山给弄丢了，老王这两年也是忙着做红烧肉，没空管公司里的事情。等到发现问题来不及了，红颜祸水呀！自古以来不就这样的。”

我敲敲桌子说：“哎，那个菜都上来了。你们几个打牌的能不能别耽误时间快过来坐吧！”刘风云伸长脖子看了一眼说：“不行，不行！才上了三个菜，三个菜是祭祖的不能动筷子。”我问他：“你听谁说的？”刘风云把牌倒扣在桌子上，伸手摸手机道：“微信上说的呀。你没看到？我转发给你！”其他几个人催促道：“哎哎，还等你出牌呢。等会儿吃饭的时候你再转发给老高。”

我倚在沙发上，两眼望天。老钱羡慕地说：“就你现在这个姿势可流行了，好些人在微信上都转，这叫‘北京瘫’，又叫‘葛优躺’。你看一下这几个公号写得可好玩了！”说完他把手机凑到我眼前。“我以前老说我女儿沉迷电脑，上网打游戏一打打通宵。我说她不听，现在结过婚你让她打她也没时间打了。反过来她说我了，说我沉迷手机，把我手机的游戏都删掉了。我以前手机上有几款很经典的游戏，《愤怒的小鸟》你打过吗？我一天半打通关，还有《打僵尸》……哎！你为什么不加我微信？提到这个事情我就生你气！”

我说我不喜欢玩微信，你转的东西信息量太大，我脑子慢消化不过来。老钱说：“你别以为你拉黑我我不知道。上次我闺女教我了，我群发微信，拒收的就是拉黑我的，你就是其中一个，真让人寒心。亏我平常还拿你当个知心朋友，没想到你竟然会干出这种事情。”我说：“我觉得那个挺无聊的，就是拉黑你也不代表对你个人有什么看法。”老钱说：“我后来又发手机短信给你，让你把我从拉黑的人中间放出来，你装作没看见。这个事情干得太伤人你知道吗？你以后别求我办事情，你万事不求人好吧！”

我拍了拍老钱的肩膀说：“老钱同志，你一个老同志，每天放弃那么多休息时间学知识，确实值得我们学习。你跟他们那几个不一样，他们就是混吃等死，但我们一个人毕竟精力有限。你是画大写意画的人，肯定知道齐白石齐老先生……”老钱说：“那当然！上次你写那个《齐白石画白菜》，我还帮你转了呢。”我说：“齐白石写过一首诗叫：‘逢人耻听说荆关，宗派夸能却汗颜。自有心胸甲天下，老夫看惯桂林山。’老齐那时候到北京也经常遇到一些吹牛逼的人，动不动就说荆浩怎么样，关仝怎么样。齐先生拙嘴笨腮又说不过他们，只好回去写这样一首诗泄愤。晚年胡佩衡问他绘画中的派别，齐先生说对我画画没有用的，我要知道它干啥？世界上那么多知识，有的要知道，有的属于可知可不知，有的不知道还好一点。老子说：‘五色令人目盲，五音令人耳聋，五味令人口爽，驰骋畋猎令人心发狂。’老钱你这种状态是在往发狂的路上走呀，我不加你微信是怕助长你这种不好的趋向。”他沉默了一会儿说：“回去我是要删掉一点，包括你的公号我都要删掉！现在我就删，说干就干！”

“哎，这个中美会不会打起来？”老钱翻着手机看新闻突然问我。我说：“不会吧，就是打起来我这岁数的人中美两方都不要了。”老钱说：“我念一条标题给你听，《轰，轰，轰，三大舰队齐聚南海实兵演习》，我转发给你。操！我想起来了！你把我拉黑了，发不过去。”

慢性子

小克上次来玩，早晨我跟她坐在车里等一个朋友。马路边有一家咖啡馆，她说：“我下去买一杯咖啡，你要不要？”我说：“来一杯吧。”她问：“要喝哪种？”我说：“随便，有什么喝什么。”我们等的那个朋友来了，站在马路旁边抽了一支烟。他忽然想到什么东西没拿，就对我说：“我还得上去一趟，拿点东西。”

我们等人的地方处在两幢楼之间形成的峡谷里，阳光照不进来。小风通过楼与楼之间的通道灌进来，还是蛮冷的。我就沿着马路走来走去暖和身子，过了一会儿那个朋友从楼上下来了，他问我：“她咖啡还没有买好？”我说：“估计咖啡馆才开张，还得生炉子。”他说：“嗯，还得种咖啡树，采咖啡豆，然后烘焙、研磨，是得要这么长工夫。我们等一会儿吧！”

我俩站在马路上伸长脖子等着，咖啡馆的门口一个人也没有。我俩像船舷上拴着的两只鱼鹰，直眉瞪眼地看着咖啡馆的门口。后来我说我上去看看吧。等到上了楼，我看到小克急得乱蹦。她对那个调制咖啡的营业员说：“你能不能快一点？”那个人慢条斯理得像一只仙鹤，做什么都透出那么一股稳当劲儿，他慢慢地抬起头说，是一个字一个字说出来的，他说：“你一会儿要加奶，一会儿又不加奶，到底是加奶还是不加奶？”小克说：“你就这样给我吧……”

我从来没见过一个人是这样盖杯盖的，只见营业员慢慢拿出杯盖。他小心翼翼地把杯盖照准了杯子，然后慢慢压下来，然后顺着杯子理顺杯盖。有一点不服帖，他都要推翻了重来。我一回头，看到小克的头上站着一个手执三股钢叉的蓝色小妖怪，无明业火腾腾地冒将上来。我安慰她：“花这么多工夫做出来的咖啡，滋味一定错不了！”这时候我在楼下候着的朋友也上来了，他走到我旁边说：“我以为你们遇到妖怪了，进去一个出不来了，进去两个也出不来了。”我努努嘴说：“快了，在盖杯盖了。”

这个人盖好了一杯，然后转过身子，把腿抬得高高的，像大英帝国的皇家卫队出操一样。他把腿一直抬到尽可能高的地方，只是不像他们那样重重踩下去，他是高拿轻放。就这样一步一步走到放杯盖的地方，拿来另一只杯盖。然后还是那样地走回来，重复上一道工序。我们三个人像老僧入定一样痴痴看着他，我那个朋友出神到从嘴角里淌出来口水都不知道擦。等这一切做完了，这个人把咖啡递给小克说：“请慢用，欢迎下次光临！”小克接过咖啡就往楼下飞奔，生怕他们会把她抓回去。

她一边奔一边说：“我从来没有见过做事这么慢的人。咖啡馆怎么会请动作这样慢的人来冲泡咖啡？”我说：“大约不容易喝得上，这样就显得越发珍贵。”后来我听到小克坐在后座上，一边喝咖啡一边感叹：“哎呀！真是奇葩，奇葩。”

人天生禀性是不一样的，有的急，有的慢，但慢成这样还是少见的。所以民政局办理离婚的地方最常见的理由就是：性格不合。性格不合在一起过日子真是非常痛苦的事情！你又不能毒死他。毒死对方，犯法这是不言而喻的。

我在银行办理业务时，常常会冒出邪恶的想法，想掐死排在我前面的一个办业务的女的。有好几次我都想从后面一个虎跳蹿上去掐死她，无奈保安腰上挂着棍子在她后面走来走去保卫着她。她先是输错了密码，然后就是昂着头想，想了一会儿又输，结果又错了。然后是填单子，她还要把笔在嘴里润一润，写两笔，把头发这么拨拨，那么理一下。然后把单子递进去，伸出两个手指像戏剧中老生理胡子一样，慢慢地理到发梢，然后再理到发梢。排在我后面的一个人就开始日天、日地、日祖宗地乱骂，他把领到的号头团成一个小纸球扔进字纸篓里，他不排队了。他临走的时候对我小声耳语说：“我不排啦！我感觉我心脏要爆炸啦，我要去看医生了。”排在他后面的一个老汉顿了顿拐棍说：“我怕是等不到我办业务的那天了。”说完就老泪纵横，扶着拐棍到外面恸哭去了。

我陷入一种印度冥想当中，我觉得我可以将腿从后脖梗子绕下来，然后另一条腿盘绕到左耳朵根的后面，总之我像一条眼镜蛇一样摇摇摆摆的。恍惚间银行大厅的柱子上长出藤蔓，从藤蔓上又生发出无数的琪花瑶草。还有一只长尾巴的焦躁鸟，浑身长着火一般的羽毛，它这里啄啄，那里啄啄，然后就飞到“慢性子”的脑袋上啄将起来，发出空空的声音。慢性子的脑袋有一种被虫蛀空了的质地，她的脑袋被啄开，从里面淌出黄沙，跟个沙漏似的流起来就没个完。沙慢慢地漫过我的脚背，平了我的膝盖，不好了！马上要齐我的脖子了。

我从冥想中惊醒过来，发现我因为坐久了，腿上都缠上了藤蔓和蕨类植物。我一边解藤蔓一边打量四周，怎么可能？大约是等得太久了，最后面的小伙子已是老态龙钟了，脸上和手上都长满了老年斑，连说话也像个老头子，他伸出三个指头跟人说：“我在这儿已经等了三十年啦！”跟他一道来的女孩子，不知道什么时候已经死了，化成了一堆白骨。在白骨颈椎部位还绕了一条粉红色的丝巾。

我抬眼向窗口看去，那个女的仍然不急不慢地理着头发。她把笔伸到嘴里润一润，歪着头似乎在想什么东西。

我觉得这一辈子就这样过去了。

你是倾国倾城貌，我是多愁多病身

对于美容我是有话要说的，因为师娘晚上临睡前，要在脸上抹上各种霜，然后是按摩。随着季节不同，脸上的内容也不一样，有时是满脸的黄瓜皮，有时是切成薄片的西红柿，大部分时间是面膜。如果一个古代的读书人看到这种场景也许会吓背过去，以为是《聊斋志异》中的女鬼夺舍投胎。

美容是一种巫术，这里面有个市场规律，有人买就有人卖。女人在求美的过程中无不抱有决死之意志、百倍的顽强，挑战年龄与生理的极限。试想八十岁的行为心理，面相恰如二八佳人，这是人是妖哇？我有一个朋友太太有一句口头禅，老说："我要去整个容！"比如做事不顺利或者被头儿训了就突然冒出一句："我要去整个容！"但不知道是整容的费用比较贵还是没想好整成啥样的，到现在为止还没看到她把整容行动付诸实施。

我就在想为什么人对于自己的长相这么自恋呢？没看除人以外其他动物这么自恋的。比如说狗熊喝水就喝水，并不在水中倒影前顾盼流连。狗熊顶多在喝完之后，抬抬头，嘴角水沫淋漓的。它在想如果今天能捞到一条鱼就完美了。

难道好的长相就这么重要，丑人就不能活了？别着急，这时候科学来说话了。有一本美容杂志说据美国科学家统计，长相关乎个人事业人际关系成功与否。它也没说是美国哪个机构，哪些科学家在研究这个。看来是这家杂志在自说自话，意思是不整容会带来很恶劣的后果。

好的市场营销应该包括一种“人为制造需求”。有两个卖皮鞋的，到南太平洋的一个岛国去卖鞋。头一个去了，一看全岛没一个穿鞋的，大家全赤脚，这位推销员一看没戏，就坐船回来了。公司接着派第二位去，这家伙一看打电报给公司说：“苍天啊！这里的市场太大了，没一个穿皮鞋的。”面对所有光脚不穿鞋的人怎么办呢？这就要创造需求。本来用不着的东西照样让你搬回去。有少数不买的怎么办呢？那就利用“流行”来孤立你，你不这么办就显得你土、你村、你不合时宜。本人不愿意乖乖就范的，就让太太、儿女做说客促使其就范。“流行”这个词本身就有一种无坚不摧的力量，它能把许多东西身不由己地裹进来，旋转着、咆哮着一路冲下去。

真正有用的美容保健的道理就那么几条。可它们就是有一样缺点——知易行难。比如一个人想皮肤好，遵守以下几条就行了，好吃好睡，吃清淡点，没心没肺。再多的道理好像也没有了，不用上仙山问道士的。如果遇到无良道士李一攮你一家伙那该怎么办呢？但这里面就有个反诱惑的问题，所以知易行难。

有一个作家说过人害怕孤独到了无耻的程度，如果作为单个的人这么办事的话，他或她很快就感觉到被孤立起来似的。

一个生活在都市里的他或她晚上八九点钟上床睡觉，简直是不可能完成的任务嘛，有时陪读就要陪到十一二点。我认识一个朋友，他儿子晚上做作业就要做到十一二点，还得要家长签字。所以我常年看他是眼睛上带个黑圈的，成了熊猫二世。成绩退步了，对不起！照一张照片贴在校园落后生榜单上，上面大字写着：我们正在努力中！

所以说前面那几条定律是有很大缺陷的，这样一来没办法促进消费，买的和卖的都没戏了。首先我们来说买的，买的人首先有一种心理需求，比如某种产品我买了就必得变得苗条。广告上的人幻化成了自己：割了双眼皮就必定会眼如秋波媚；丰了胸就必然引得路人一步三回头，撞了电线杆子，门牙落地。买的人一厢情愿，卖的人喜笑颜开。于是就有了看似很矛盾的做法：晚上大吃大喝，白天花钱流汗瘦身；咫尺的距离都靠汽车代步，转眼又在跑步机上狂奔；深更半夜还不眠不休，然后打针吃药去消除眼袋皱纹。一头是需求，一头是供应，大家都乐乐呵呵。买的人买到他的心理需求和梦幻，卖的人赚来了真金白银，还有比这更好的事情吗？

我看《蒙田随笔》里有这么一段。他说有一个人被判了死刑，拉到刑场去了，后来主审法官想了一下，提出一个条件说要能答应就免他的死罪。什么条件呢？如果该犯能娶法官指定的某女为妻，则免其死罪。该犯见是这等好事，焉有不答应之理。法官把某女带来了。把蒙在该犯头上的黑布拿下来，该犯一看到这个女的，心凉了半截子。这个女的长得不好看，麻而且瘸。该犯也是个很有个性的人，他把揭起来的布往下一拉说：“死吧！”看到这一段把我笑死了，哪有丑到让人不想活的程度。其实人对于相貌有很大的误解。我觉得通常所说的好看，只代表某种很狭隘的审美观。

比如现代人崇信的“苗条”就很没有历史。唐朝时人觉得胖子好看，杨贵妃就是一胖子。汤加小国美女全是二百斤以上的，但你不能说人家就有毛病。如果别人嘲笑我们现在的审美观呢？我们通常所说的好看，就是好看吗？比如非洲有个部族，女的全要勒脖子，然后在上面加铜环，加得越多越好看，脖子伸得跟仙鹤似的。如果被该犯看见，还不得一头撞死在墙上，这倒省了刽子手的事了。

对于人的审美，看长相怕是最不靠谱的事情，这里面没有一个硬标准。如果一个丑人和漂亮人同时被老虎盯上了，估计老虎吃谁的可能性大一点。老虎肯定没有人的那种庸俗的审美观，它一定挑跑得最慢的，身上肉多的，小瘦猴不吃，嫌塞牙，而且小瘦猴还跑得快，要撵半天划不来。这倒不是老虎有多高的审美能力，或者是跟胖子有仇，老虎是实用主义者。记得我小时在乡下，有媒婆给别人说亲，一般都是说某某村王家三闺女，形容词为：方长大汉，长得胖呆呆的，一看就是做农活的能手，一手秧也插得好。男方家一听，觉得这个事情就妥了。

能干农活，还能生养，你还要什么呢？所以美不美还有个时代与审美意识的变迁，说不定哪天流行胖呢？又流行唐朝那一路的审美标准，那我不迎头赶上了吗？想是这么想，减仍然咬紧牙关减。师娘喊我：杀猪匠。我减成功了让你看看杀猪匠也有春天！今天我上药房称了，真少了三五斤。撒完尿，排空膀胱，估计还会少一点。

青奴

老张很会说故事，他说如果一个王要他陪寝，他会比舍赫拉查德说得还要好，三百六十五天都不带重样的。不过这种可能性不会大，甚至连 0.00001 的可能性都没有，因为这个世界上没有哪个王会重口味到让老张去侍寝。一个原因是世界上根本找不到一张那么结实的床，除非王想和老张一起睡到地上，但那样大地也承受不了他俩的重量。另外一个原因就是他的呼声。老张打起呼来，屋里的家具和水杯都会起共振。我听过老张的呼声，一只花瓶放在条案上就像被调成振动模式似的往外移动，结果“啪”的摔到地上，摔个粉碎。老张翻过身嘴里嘀嘀咕咕的又睡了。如果房间里有个脸盆装了一盆水，水会随着他的呼声泛起一圈一圈的涟漪。基于以上这些不可抗拒的毛病，出差的时候很少有人愿意跟他近距离接触，甚至不愿意和他入住同一家酒店。酒店的经理总会在半夜把他们叫醒，含着满满的歉意给他们退钱，让他们去找下一家住宿的地方。当老张魁梧的身影出现在下一家酒店总服务台的时候，服务员不失时机地拿出一块“客满”的牌子放在总台上，然后对他说：“先生，对不起！我们这里客满了！”

但这种倒霉的事情就让我遇到了。有一次我跟老张到外地参加一个笔会，睡到半夜让人给轰了出来。我们绕着酒店外面的停车场走了无数圈以后，发现有两条长椅。我跟老张就把包枕在头底下，看着满天的星星。我问老张：“你不是说你很会说故事吗？说一个故事听听。”老张说：“啊啊，我正在想呢。好，我给你说个我表舅的故事。他已经死了很多年了，但他的死因却相当有意思……这个地方好像有蚊子，你等我一会儿，我在腿上抹点花露水。”

我等了一会儿，老张说：“我有个表舅夏天在村子里遇到一个篾匠卖‘竹夫人’，他就买了一个。”我说什么叫竹夫人？老张说：“就是一个竹子编的圆筒状的东西，上面有小孔，像没有口的鱼篓一样。古代有一个风雅的叫法称它为‘青奴’，山上砍下来的竹子不是青的吗？很形象对不对？过去的人夏天没有风扇和空调，就发明出这样一种东西。南方的夏天苦热，睡觉真是一件非常辛苦的事情。三十七八度，有时睡着睡着就被热醒了，身体像倒在一汪汗里面。热醒了之后出去接一盆水，劈头盖脸浇下来，等身上的汗干了，再接着睡。一夜像这样的‘冲凉’要进行好几次。有的人就会买这种竹夫人回来，搂在怀里消夏。”

我说效果怎么样？老张说：“这个竹夫人可以把你的手脚架空，从小孔里面透过一些凉气。睡的时候把竹夫人横置在床上，然后把手和脚放在上面。古人常说的‘交股而眠’，大概就是这个意思。用久的竹夫人会变得红黝黝的，像上了一层包浆一样。‘秋后十八盆’，意味着再洗十八个澡，天就凉起来了。等到天凉了，就要把竹夫人擦拭干净，拴到屋梁上等下一个夏天再取下来用。”说完，老张就讲起了“竹夫人”的故事：

我的这个表舅总算是有了一个伴了。他是个单身汉，出门一把锁，进门一盏灯。年轻的时候父母死得早，家境不好，所以一直没有女人愿意嫁给他。平时，他除了种村里的几亩地，就是在外面打鱼。他买了这个竹夫人之后，不知道怎么搞的忽然对它产生了感情，每天回来就跟它说：“我回来了！今天打了三条鳊花，还有一条黑鱼。”然后把鱼篓子拿到竹夫人面前给它看：“明天烧黑鱼给你吃可好？”

晚上他把席子抹了，洗澡水倒到门外。这时他把竹夫人抱在怀里问它：“一个人在家急吗？你知道我在里湖遇到谁了吗？赵家的四姑娘，她跟她大姐划着小盆在里湖上采菱角。以前我喜欢过她，她到田畈去栽秧，我装作钓黄鳝围着她走好几圈。她看到我就问我：‘三哥，今天可钓到黄鳝了？你家秧都栽了没有？’我听了紧张得心都快跳出嗓子眼儿了，就赶快跑掉了。然后就听到她在后面笑说：‘真是怪人哦！脸皮子太薄了。’四妹是前年嫁到小王庄去的。嫁的那个男人在上海搞电焊，去年听说电焊回火被炸死了。一个小寡妇带个孩子不容易。”

说到这里的时候，表舅发现什么东西打了他一下。他没有理会，继续往下说：“四妹如果不嫌我没本事，其实跟我也不错。孩子长大以后我把逮鱼的手艺传给他，总归是饿不到的。”

这时我表舅发现竹夫人在撞他的下巴，想立刻从他的怀里挣脱开去。“啊，你这个东西还成精了？”我表舅从床上跳下来拿了一把柴刀，想把这个妖物给劈了。竹夫人也从床上跳下来，不屈不挠地看着他，那意思好像是：“你这个没良心的东西，吃着碗里的还想着锅里的。你来劈啊！”我表舅的手在空中挥舞了一会儿，但怎么都下不了手。他只好自我解嘲说：“我是看见了赵家四妹，也就这么一说而已。你吃醋了？”竹夫人转身滚到床上，再也不理他了。夜里表舅几回想把它翻过来抱在怀里，发现它比一个石磨还要重，怎么也搬不动。但从它后背传来习习的寒气，比现在空调打到二十二度还厉害。那一晚把我表舅冻得缩成一团。

自从我表舅知道这个竹夫人成了精之后，他平常没事的时候都在家陪着它说话。连村里人喊他叉麻将也不去了，因为他去叉了麻将回来竹夫人就要把他撞得鼻青脸肿。这是一个脾气很大的竹夫人。村里的族长张有守知道了这个事情很为我表舅担心。他说老三呀，像你这个夫人我是头一次听说，你以后在村子里就算多看别个女人一眼，它都会知道，跟你闹个不休，你打算怎么办呢？不如早早架火烧了它。再说了，它也不会烧火做饭传代，夏天你的日子还好过，你想过到了冬天你怎么办？

但我表舅跟它处出感情来了，不仅不去烧它，连别人说它不好他也不高兴，他让村里的小孩子叫他青嫂。比如说谁家问他借个什么东西，他会说你到我家去让你青嫂拿给你。这个人去了之后东西就放在门口。借东西的人说："青嫂，东西我借走了，用一下晚上还你。"后来他打鱼的时候就把青嫂带着放在船头上。这个竹夫人会看鱼情。它立在船头，我表舅一网下去不仅能网到白丝、鳜鱼这种好鱼，有时候还能打上来王八。他到集市上卖了鱼回来，晚上就关了门在家喝酒。他不仅自己喝，还给竹夫人喝。他把酒浇到竹夫人身上的网格里，然后没有一滴洒到地上。他说："没想到你真有个量啊！"

秋天很快就来了。田野里的稻谷都长上了蜘蛛网，在蜘蛛网上凝结着珍珠一样的露水。早晨出门的时候已经能看到树上的叶子开始脱落了。大雁开始往南飞了，竹夫人似乎也忧虑起来了。它的体温随着秋天到来越来越冷了。晚上我表舅要焐很久才能把竹夫人身体焐热，我表舅就跟它商量说："娘子，我想把你洗洗放到屋梁上去，你看可好。"它不说话，从竹编的网眼里泛出一滴好大的泪水。我表舅就举着手说："算我没说，就算冻死也把你抱在怀里可好？"他话刚说完，竹夫人就含羞带嗔地一头扑到他怀里，我表舅被冻得上牙直打下牙。冬天来了，我表舅仍然搂着他的竹夫人睡觉。

村里人就此问题分为两派，主要以性别为归属。男的一方说这个大冷天的还要搂着睡，早晚会被冻死的。女的一方说你们男人总是这样，夏天热的时候要人家了，千好万好。现在天冷了，就把人家撇到一边。"痴心女子薄情汉"，说的就是你们这些男人，我呸！

我问老张那后来呢？他叹了一口气说："后来我表舅就被冻死了，身上结了一层冰。跟这个竹夫人冻在一起，眉毛胡子上都结了一层白霜。好惨！"我说然后就没有了？他说："第二年埋我表舅的地方长出一丛竹子，每丛竹子根部都抱着一块芋头。这个芋头跟竹子不能分开，一分开竹子和芋头就会死掉。这种竹子只有我们那里才有，人家称它为寒竹。夏天热到不行的时候，你只要坐在这个竹子下面，身上的汗马上就收掉了。"

我说："这真是一个凄美的爱情故事呀！"

食笋记

鲁大先生曾经写过一篇文章，说日本人认为中国人喜欢吃笋，是取笋的又粗又长，可以形补形。这一点他们可能想多了。我是从没听人说吃笋可以补那方面的，较老的笋子除了粗纤维，好像没有其他的营养成分。我在黄山汤口的时候，一到春天，食堂大师傅特别喜欢烧笋子给我们吃，经常会吃到很老的笋子。我就用筷子夹着笋子举给大师傅看："比你还老！你当我们是熊猫？"他看了一眼说："哦！那是笋子的根。你不爱吃吐掉就是。"

清明前后满山都是笋子。我到林子里找蕨菜，第一天看到笋子刚从地上露出一个毛笔头似的尖，隔一两天再去，就看到它长高多了，地上散落着浅绿微带粉红的箨衣。那段时间菜场到处都是卖笋的人，开着手扶拖拉机一拉一车，倒在地上像一颗一颗的炮弹。镇上的人家一买一板车，回去以后煮了做笋干或者笋衣。我有一个同事，他老婆经常给他做一种皖南小菜，就是拿笋干和黄豆腌的，里面放上一些辣椒和芝麻，越嚼越香。

他吃得很省，每次就夹一小筷头，然后就下一碗饭。我经常把他的瓶子拿过来一倒半瓶下去，他也不好说什么。现在想想，他心里肯定是爱惜的，好在他老婆半个月来一回，很快又能补充上了。他跟我住一个房间，他老婆来了他跟我商量说："哎，这个你晚上能不能找个地方将就两天？"说着就把他老婆带的腌小笋干和豆腐乳瓶子递给我。这个时候他是很大方的！

游客是买不到好笋干和笋衣的，好的人家都留着自己吃。实在咬不动的才拿到外面去卖。当地人不太爱吃那种粗壮的大笋，说这东西费油，没有肉配它简直下不去嘴。他们喜欢吃那种小鞭笋和雷笋，有的地方也叫茶笋。这种小笋子煮过，去除了涩水，可以炒雪菜，非常鲜美。我们食堂有钱，一买就是半扇猪，烧腌笃鲜。这个菜简单。笋衣剥下来，但不要剥得太干净。然后斩块，放水。把五花肉和腊肉一起放到锅里炖就是了。一会儿香味就出来了，楼上楼下的人都说好香！

还有一种做法就是炒鱼香肉丝，一个星期要做四五次。笋子切丝，青红椒、姜也切丝。将偏肥的肉丝下锅煸出油来，盛起来放在一边。然后洗锅放油，等油热后放笋丝、青红椒、姜丝。最后将煸好的肉丝汇入，淋点酱、醋。大师傅就用勺子敲锅边，外面的我们，就是他经常说的"猪们"，已经急得嗷嗷叫了。他是以一种饲养员的态度看着我们吃饭，这时他叼着一根烟开始了他的巡视："味道还好吧？""唔，唔——还可以。""叫你们讲一声好就那么难？""唔——好——好。""雷公不打吃饭人。"好不容易才把这个索要虚名的厨子打发走。

等到笋子晒干了，田里的红花草也沤得差不多了，就要栽秧了。昼夜都有鸟在房前屋后叫。山上没有被吃掉的笋子已经长成很高的大毛竹了，身上还带着一层白粉。

我吃过最好的笋干是桃花寄给我的。她特别在豆邮中注明了具体的做法：先将笋干泡发了，然后用手撕成细丝。别问为什么不能用刀切，等你用刀切过以后就知道了。笋子会沾上“铁气”。笋子这东西特别容易沾染上其他食材的味道。《随园食单》中说做菜无非是“有味使之出，无味使之入”，笋子好像在遇到五花肉之后才会“金风玉露一相逢，便胜却人间无数”。撕好的笋干就在那里沥水，然后将五城茶干切细丝待用。最后泡山芋粉丝，粉丝泡好后剪成段。再切青红椒丝。油锅烧热后下肉丝，煸出油。然后放黄酒、生抽。再将笋干丝和五城茶干汇入，最后下青椒丝和粉丝，翻炒几下出锅。粉丝不能炒时间长，容易煳。起锅后一尝，真是令人舌挢不下，口感相当复杂。宜饭宜酒。

做这个菜无他诀，首要是笋干好。皖南笋跟皖西笋口感差异很大，皖西笋吃了有点麻嘴还有些苦味。皖南笋中的极品是“问政山笋”。问政山在歙县县城的后面，红色沙质土壤。去年随《三联生活周刊》做美食的一个专栏记者去吃了一回。冬笋是他们的记者随山民从山上新刨出来的。剥出来像一管象牙，旁边散落着许多笋衣。我问厨师：“这个笋衣不要了吗？”他说：“要！笋子不能剥得太干净。太净了不鲜，等一会儿我将笋子斩块之后笋衣还要放进去的。”那天，笋子做法跟腌笃鲜差不了多少：笋子放在火盆上煨，里面放火腿的腿腕子。因为摄影师要拍照，所以端上来以后没让立刻吃，盘子下面要垫蜡染花布，然后又要点缀天竹的红果子。等到吃的时候温度已经很低了，后来又回热了一次。总之我觉得还不如自己做的咸笃鲜好吃。

去年春天我到歙县，在菜场买到一种很矮小的春笋，卖菜的山民赌咒发誓地说是地道的问政山笋。过杭州的时候送给天叔，后来我问天叔味道如何？天叔说一顿吃光光。足证味道还是可以的。从歙县回来的时候，我打了一辆车从县城到高铁站。司机师傅也是一个吃货，我问他问政山笋怎么鉴别。他歪着头想了一会儿说："问政山卖笋的挑的扁担上有字，比如'问政山村民几组几组'。"不过他很快又否定说："现在扁担写字也有仿的。有的不要脸的人他挑着笋子从我们后面的山上走过来，就跟人家说这个就是问政山的笋子。还有人用山上的红泥糊在笋壳上，你怎么鉴别？"

"这个还要吃到嘴里才能分辨出来，如果只能吃到嘴里时才分辨出来，就没什么意义了。"后来他问我你买的多少钱一斤？我说七块。他说那差不多，你回去以后弄点沙把笋子埋起来，吃多少拿多少，一直能吃到过年。他"咕嘟"一声咽一下口水说："我们当地人家一年都要买上个几十斤，埋在沙里一直吃到过年。过年后春笋就上来了，接着吃春笋。"说完嗓子又大大的"咕嘟"了一声。我笑起来说："你别是早晨没吃饭吧？"他说："哎呀！说着说着就馋起来了。"

今年一个朋友回皖南祭祖，祭完祖随着房里的一个叔公上山挖笋。他给我带的几棵大笋也非常好，有一棵不小心摔到地上立刻就裂开了。他叔公挖笋的时候他就站在一边看。他叔公叹息说："哎呀！你们现在连弄吃的都不会了。"他问他叔公怎么知道这下面有笋，他叔公说你看这个地皮跟其他地方不一样。他凑上去瞅了瞅，没觉得跟其他地方有什么不一样的。他叔公说这下面就有一棵大笋，你来试试。他一锄下去从中间给干断了。等挖完笋，他叔公又挖了几锹土倒在编织袋里说："放点土保鲜。笋子这东西娇气得很，见光就变老，你用点土盖着它回去吃口感是一样的。"

中国人不知道从什么时候开始吃笋子的，反正宋代画竹名家文与可是以画竹、吃竹笋出了名的。苏东坡在《文与可画筼筜谷偃竹记》中写道："与可画竹，初不自贵重，四方之人持缣素而请者，足相蹑于其门。与可厌之，投诸地而骂曰：'吾将以为袜材。'。"从文与可将别人送来的缣素扔在地上大骂"吾将以为袜材"，足证宋代绘画主要还是画在丝织品上。后来文与可到洋州做官的时候，那里有很多竹子。竹子多自然笋子也多。苏东坡就写信开他的玩笑说："汉川修竹贱如蓬，斤斧何曾赦箨龙。料得清贫馋太守，渭滨千亩在胸中。"巧不巧的信到了文与可手中的时候，文与可正好跟他的妻子烧笋晚食。看到这首诗，笑得喷饭。元丰二年正月二十日，文与可殁于陈州。同年七月七日苏东坡在湖州晾晒书画时，看到这张画。苏东坡就蹲下痛哭起来了。

1934 年 3 月 5 日

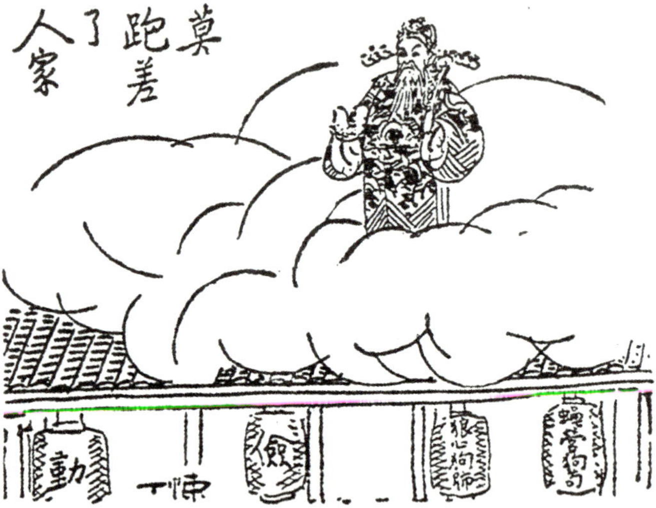

1934年2月18日

1934年7月5日

1935年2月7日

1935 年 2 月 10 日

1935 年 7 月 17 日

1935 年 6 月 6 日

风流天真

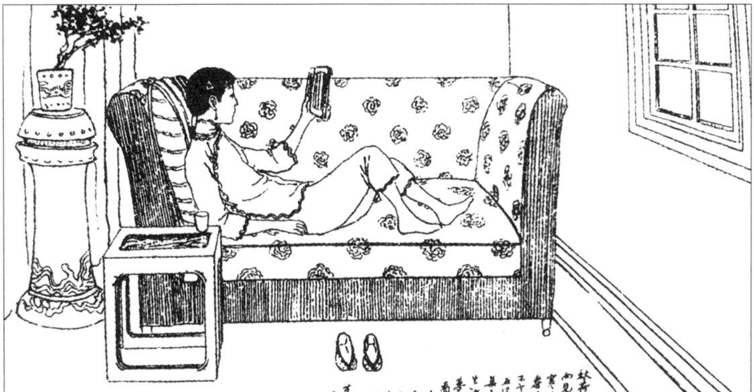

院画枪手

我以前写过一个谈北宋院画的文章，文章中谈到宋徽宗领导下的画院业务水平很高。唐代虽然有宫廷画家，比如李思训、吴道玄诸辈，但这时还没有形成完善的考评制度，皇上也不拿这个当回事。外面有更大事业需要他操心，擒反叛，打番邦，征高丽，开疆拓土，哪一件不要他老人家操心，没那个闲心管画画人的事。画家只要能把他们那些伟大将军画得不走大样，然后把这些将军的上色大照片挂在凌烟阁中就行了。

唐代画家的职位叫待诏，说白了地位也就是处在倡优之间，跟吐火、走索、掷丸、飞刀、钻桶、妓女这些人差不多。正所谓“一流举子二流医，三流地理四流推，五流丹青六流相，七僧八道九琴棋”。我现在干的这个行业跟妓女平起平坐的，说不定比她们还低一点。唐代当官的人中画得好的，都不大愿意公开动笔，觉得脸上有点挂不住。

《千字文》当中说什么“左相宣威沙漠，右相驰誉丹青”，

“右相”指的就是阎立本。据《旧唐书》上记载，“太宗尝与侍臣学士泛舟于春苑，池中有异鸟随波容与。太宗激赏数四，诏座者为咏，召立本令写焉。时阁外传呼云：‘画师阎立本。’”声音一递一声传下去：“传阎画师阎立本上殿哪！”“传阎立本上殿哪！”阎立本当时已经贵为主爵郎中，官当得也算不小了吧，还不照样挟着毛笔和颜料跑得呼呼带喘，就像今天领导传我上京城画画，我岂有不跑之理？就算我不跑，老婆也照样打得我飞跑。所以过去说什么“布衣傲王侯”，也就是一句吹牛逼的话。你信他的！

好不容易跑到了。老阎差点没喘死，皇上跟一班大臣在那里坐地吃喝，几个穷酸围在旁边正摇头晃脑作诗。皇上把头枕在一个姑娘的肥腿上，拿个酱肘子啃着，好像也没什么大事。太宗一边啃着骨头，顺手把油手往人姑娘身上一抹说：“哎，我说那个立本呀！这池中刚才有个小雀儿，卧在那个波上。可美得很！你去给我画下来，让我看看画得可像！画像了我赏你件卡弗坦[1]穿穿，西域进贡来的！”老阎“奔走流汗，俛伏池侧，手挥丹粉，瞻望座宾，不胜愧赧，退诫其子曰：‘吾少好读书，幸免墙面，缘情染翰，颇及侪流。唯以丹青见知，躬厮役之务，辱莫大焉！汝宜深诫，勿习此末伎’”。

老阎心里委屈死了，不是这点破爱好何至于此。于是回家教训儿子说：“长大别动不动就要学什么画画。背个画夹子在外

1　卡弗坦：即卡弗坦长袍。唐代流行于西域地区以及波斯等国的胡服，形制为锦绣浑脱帽，翻领窄袖袍，条纹小口裤和透空软锦鞋。

面跟人胡缠，你说我那么大的学问谁知道呢，就知道我会画两笔。一辈子干的是服侍人的事情，太伤自尊了！”

宋代统一后设了个翰林图画院，先前供职在蜀、唐、梁的画家纷纷来归。原来的皇上没了，画师都失了业，纷纷打听哪里要人，要为新朝文化事业添砖加瓦。人多了，就要按技术水平高低设立不同的等级，薪俸也有区别。要有个技术职称，比如现在的一级美术师、二级美术师。分别设了待诏、祗候、艺学、画学正、学生、供奉等名目。宋代的画院编制比较大，相当于今天的一个局级机关，有一百五六十口人。宋徽宗弄了个“逢进必考”，他为什么这样干呢？北宋画院画家的待遇大幅度提高了，想进编制的人太多。画家不再是匠人了，可以著绯佩鱼，就是穿绯紫色的官服，佩戴金或玉的鱼符。

宋徽宗把画学正式并入到科举学校制里面来考，题目他自己出，比如什么“乱山藏古寺”，什么“野水无人渡，孤舟尽日横”“踏花归去马蹄香”。看看谁画得巧妙，想得新鲜。乱山藏古寺，就画几座大山，里面出根刹杆。这个立意不行，祖师爷不赏饭吃，滚蛋！这个好，不画庙亦不画山，画一个和尚挑水，拾级而上。妙呀！到里面领衣服去。

人招进来后，就是分科。《宋史选举志》中云：“佛道、人物、山水、鸟兽、花竹、屋木，按各人特长取向也不同。”这真是内行人干的事情。因为一个人精力非常有限，首先得把专攻的方向定下来，这样才能精到。北宋画院文化课的教材是《尔雅》《说文》《释名》，由皇帝亲自主讲，亲自示范，比现在的美术学院的教授还敬业呢！然后是考绩，院中平时进级考试，跟今天的英语过四级差不多。画院四级考过不了的，罚俸并拖出去打，然后逐出画院。像有些同志作弊的，给人偷看画稿的，更要严罚。工资直接跟考试成绩的优劣挂钩，谁敢不慎重？就这么慎重着，还难免有糊弄事的。

当时有个叫杜孩儿的画匠，就专给人做枪手。我现在估计这个杜孩儿大概文化课不行，画倒是画得好的。跟现在艺考一些孩子差不多，画是不错的，但无奈文化课成绩太烂，怎么也考不上美院，最后画成一个画油子，到处跑着给人当枪手来过活。杜孩儿穷困落魄，在家乡混不下去，因为没有这种消费群体啊！只好跑到京城来，在画院附近租间小屋，画好的画不卖给别人，就卖给画院那些名头卓著的大画师。

这些人白天也不敢出来，晚上瞅街上没人了，卖炊饼的也回家捉奸去了，才悄悄跑到杜孩儿的小屋前面，也不敢大声气，压低了嗓子喊："杜孩儿！画弄好了吗？都这么些天了，我订的'照盆童子'该画好了吧？"门一响，里面出来一个人，长得像肉块成精，把手里的画往来的人手中一塞道："钱！""急什么？我得看看货。""来，给你举着点灯。""你这狗才，手是怎么长的？"画上一群粉雕玉琢般的童子围着一个花缸正在戏鱼，有一只长毛狗从苍苔间球一般滚了出来，几瓣榆钱落在缸中，枝头好鸟啫鸣。"好活！最近风头有点紧，皇上查得严。千万莫与人说哦！"杜孩儿在里面应了一声："不消说，小人也理会得。"

有个叫杨威的，画得一手好村田风景。徽宗爱惜，让院里的画家仿作，没一个及得上人家五分的，气得徽宗直打磨："你们就知道画主旋律，能不能弄点像样的东西让我瞧瞧，平常吹起来本事不知道多大。村田，村田你们见过没有？没吃过猪肉，还没见过猪跑？你们得到乡下去看啊！下基层懂不懂，天天就知道闭门造车，气死我了！我在这里可给你们说下了，画不出村田风景，罚俸一年。别天天跟没事人似的，花街柳巷乱逛，放点心思在业务上好吧？"

这时候杨威的生意好起来了。有多少画贩子等着他出活呀，杨威做人却不晓得低调。画商抱着成卷的画子问他："杨画师，我买了你这么些画，都是现款。到了京城一时半会儿怕卖不掉呀！你给我说说哪里生意会比较好一点。"杨威说："你就到画院门口大叫说：'杨威村田风景批量发售，过午不候！'包有人来跟你搭讪。"画商依计而行，背着几轴村田风景立在画院的台阶下，大喊了一声："杨威村田风景批量发售，过午不候呀！"里面没有什么动静。有个司阍的出来探了一头，又迅速把头一缩。

他把手圈成一个圈，拢在嘴上，又喊一声："杨威村田风景批量发售，过午不候呀！"这时感到后面有几只手拖着他，脚也被人拖得不沾地，心说遇到劫匪了，忙喊："朗朗乾坤，天子脚下，尔等鼠辈……"嘴就被捂上了，耳边只听到呼呼的风响。他就这样被横拖倒拽到一个深巷里，一只瘦狗正跷起一条腿朝着树根撒尿，被吓得头也不回地跑了。几个人把他放在地下，给他抚前胸抹后背，有的人还在后面给他理后襟："你算是救了我们的命了！救苦救难元始天尊活菩萨呀！画我们都要，价钱好商量，可不敢大声喊！”“下次杨威的货进来，你先到会仙楼，叫一个茶博士来知会一声就妥了！可不敢在门口嘶叫了！”

黄子久与《富春山居图》

昨天张唐说看黄公望的《富春山居图》，想到黄公望画富春山也是写生时所作。说到国画中的“写生”这个话题，我觉得非常有意思，所以想抖擞精神来表一表。最早记载黄公望写生的是元代一本笔记，书中说黄公望每次出去的时候都会背一个皮袋子，里面有特意截短的毛笔和砚台，看到奇松怪石就勾下来。中国画的写生跟西方的写生方式很不一样，注重的是“目识心记”。以前我随一个老辈画家到黄山去，一个山峰他就围着看来看去，相面似的，并不动笔画。我们都坐在旁边认认真真描摹，连老松树长的虫洞都给画出来。晚上回到住的地方，他比谁都显得委顿不堪，我们以为他上了岁数才会如此。他自己说：“看山真累啊！”回来的时候他自己画了一张木莲，说：“雪庄和尚画过，我也画一张吧。”这张画比我们在现场画得都详细，也传神得多。他大概就是用的这种古法。

许多中国画家在现场画的写生都很简略。黄宾虹画的写生只是在纸上写上“距某地多少里”“此处有泉眼”等，然后用焦墨在纸上画几根枯淡的线，有点像地图。这也怪不得他的学生林散之到峨眉山写生时，被国军士兵抓住打了一顿，说他是共军的探子。他们看不懂，以为林老是游击队派来画地图的。林老百口莫辩，徒唤奈何。傅抱石的写生稿我也看过，非常简略。在现场勾几笔，就为有个大致印象。“目识心记”，“目识”是中国画的一种观察方法，“心记”从科学上来说是不成立的，心在哪里？人在外界看到的颜色、形状记在哪里？照科学道理上来说，应该是记在脑壳里才对。现在两种说法并行，比如说一个人做事“不上心”或者“不过脑子”，一个是唯心的，一个是唯物的。

有一张很有名的画叫《韩熙载夜宴图》[1]，南唐御用画师顾闳中奉后主李煜的命令，赴韩熙载家夜宴观察，看他在家里如何花天酒地。韩熙载是北方过来的重臣，他看到南唐政事腐烂已不可为，灭国是早晚的事情，又怕李煜怀疑自己，只好纵情声色。后主派顾闳中去打探一番，要他回来把个场景画出来。那会儿也没有照相机，又不能拿着速写本在旁边，就全靠这个“目识心记”。细部表现得多好啊！连屏风后面堆起的锦被都画出来了，有两个男女吃好喝好后正在屏风后面“嘿咻”，韩熙载是非常“放浪”的，他的官俸全散给家妓[2]，家妓拿了钱又到外面

1　作者注：这张画北京的“天上人间”曾挂过复制品，有象征意义。
2　家妓：亦作“家伎”，是豪门大户家中所蓄养的歌妓。她们大多能歌善舞，其地位似介于婢、妾之间。蓄养家妓之风始于汉代，极盛于南北朝。

胡混，或者跟别人好了，他也了不为意，自己打扮成要饭花子，拿着棍，拍着檀板挨房讨两个小钱或吃的过过日子。

我看的是黄公望的《富春山居图》，是二玄社的复制品，但也叹为观止！这张不大的画竟然画了三四年，从至正七年画到至正十年。这张画是应无用师和尚所请，断断续续画了三四年才画成的，想起来就画几笔，没有兴致时就撂下。中间有时候隔的时间很长，但没有一点不协调的地方。卷轴的尾部，近处沙汀上的小舟、水鸟以及坐在亭中的观景人物，都画得极其传神。黄子久的山水画，在水墨画的历史上应该是青天打了一个焦雷，后世开了无数琪花瑶草，都要从这个主脉上算起。

李日华《六砚斋笔记》中谈到黄公望体识自然的一种方式："黄子久终日只在荒山乱石、丛木深筱中坐，意态忽忽，人不测其为何。又每往泖中通海处，看急流轰浪，虽风雨骤至，水怪悲诧而不顾。噫！此大痴之笔，所以沉郁变化，几与造化争神奇哉！"李日华这一段写黄子久极为传神。黄子久去官后以卖卜为生。后即回到了故乡常熟，隐居在小山头（今虞山西麓）。鱼翼《海虞画苑略》说他"尝于月夜，棹孤舟，出西郭门，循山而行，山尽抵湖桥，以长绳系酒瓶于船尾，返舟行至齐女墓下，牵绳取瓶，绳断，抚掌大笑，声振山谷"。"每月夜，携瓶酒，坐湖桥，独饮清吟。酒罢，投掷水中，桥下殆满。"那时黄子久已经五十多岁了，想出去做官。官没做成还吃了一场牢狱之罪，差点断送老头皮。出狱之后，就开始以卖卜为生。也就从那时候起，黄公望开始绝意仕进了。七十多岁才开始画这张名画的。

《六砚斋笔记》中的“意态忽忽”四个字用得妙。人在专心做一件事时确实是有点魂不守舍的。水墨画非常专注于对自然的体悟，体悟到多高也便能画到多高。其实画中国画的人也伤心，许多好的藏品收进博物馆后那真是“侯门一入深如海，从此萧郎是路人”。平常人是见不着的，很多人是跑到外国去看了，才不由得叹一声：“惭愧！老祖宗真有些好东西。”其实一件藏品，现在在哪里根本不重要，主要是它能被保管好，不被破坏。不比“文化革命”时付之一炬强得多得多？但有那等不讲理的东西，他会说我自己家的东西，愿意砸愿意烧你管得着吗？古代人画画，画幅都不大。如果画子以大小来论，那么古代人肯定要输。最大也不过八尺，许多小的只有一张团扇大小，但画得精到。现代人作画动辄一方墙那么大，搞得组织画展的人很头痛，不得不一再重申说超过多少尺寸一概不收。就这样还有人画得太大，只好从屋顶挂到地上，这还是卷了一半挂的。

青楼女子的文艺范儿

在古代干个上档次的青楼职业并不容易，吹拉弹唱、诗词歌赋都要拿得起来，不比今天考个博士容易，除了不会英语。不是简单会扑、脱就了得的。高门大户谁家少扑、脱俊才，到勾栏酒楼厮混，图的就是个文艺范儿。今天但凡是个女的，豁得出去一把小脸，都可以坐在门口喊："大哥可要过生活啊！"安徽北方称此为"摔跤"，有把子蛮力气，能把恩客摁倒就成，蛮悍得近乎杀人。哪里想到浪漫，能挣出去一条性命，就算是白捡的。

所以我有一次看黄永玉写一个文化界前辈被街头游娼一把揪住。前辈声带哭腔狂喊："我没有钱啊！放我走吧！"暂不提那明清青楼中名头大的，如柳如是辈，交往的全是明代硕学大儒。人家那个眼光，先谋嫁陈子龙，不果，又勾连上钱谦益。老钱放在今天，无论如何位置也不低吧。老钱做六十大寿，柳如是把他领上山头，他用目观瞧。只见春天的麦田里，一大片油菜花组成的“寿”字，在风中摇摇摆摆，一直绵延到远处。老钱激动得下体酥麻，老泪纵横。有钱也要会浪漫才成。

就是明清那些名不见经传的妓女，诗文也是相当可观。清代杭州妓女潘意珠，生卒已不可考，更名不见经传。一纸花笺招郎，也是写得婆裟有致，比现代某些复古派文化人强多了。

蒲松龄曾写过一个鬼，不会看文章，却专会闻气。士人举子纷纷请他来一闻高下，烧了李、杜、韩、柳，鬼直呼：“味同幽兰，格调高古。”举子们烧了自己的文章请鬼仙来闻，鬼仙一触之下，咳嗽大作，面如赭色，久久不吐，请益再三曰：“文章有股子屁气。”

看看妓女潘意珠写的信，饶是铁石人儿也会冲寒冒雪赴此佳会：入春以来殊冷冷。闻足下携冷被，入南屏，望冷湖，吟冷诗，参豁公冷禅，亦忆及冷雨中人否？小窗冷梅破额，刻下烹冷泉，烟冷芋，期君冒冷而来，说几句冷话，万勿以冷却之也。

通篇一“冷”字，但热到极至。蹿墙举债也要去，虽万死亦要一往！不然不仅唐突佳人，连西湖烟水也要被玷污了。

陈老莲先生西湖艳遇记

张岱先生在《陶庵梦忆》中说陈章侯，就是陈老莲，在西湖边上有过一场艳遇。但这个艳遇现场还原起来，又相当于撞到了鬼。

张岱说，八月十三他与陈老莲先陪同南华老人在湖舫里喝酒。喝着喝着，一个朋友就走了。陈很郁闷，就对张岱说："这么好的月色，难不成回家蒙被大睡？"张岱知道陈老莲没喝好，就让苍头回家又拿了几坛好酒来。陈老莲喝着喝着就喝高了，一个人在船上使酒骂座。等船到了玉莲亭的时候，有个姓丁的朋友就让船靠在北岸，拿出塘栖蜜橘给他们解酒。这时岸上一个女郎命她的童子来询问能不能搭他们的便船到一桥去。张岱偷眼一看，见这女娘"轻绔淡弱，婉嫕可人"，就很欣然地同意了。此处古今一般同，比如荒郊野外伸手搭便车的，女的拦车成功率要远远高于糙老爷们。

陈老莲看见美女上船就调戏人家说："女郎侠如张一妹，同虬髯客饮否？”这个女子也不推让，就跟陈老莲喝将起来。一会儿工夫就把张岱从家里拿来的好酒喝了个精光。陈老莲就问这个女郎仙乡何处，妙龄几何。古今搭讪也是一般同。这个女娘含笑不答。等船到了岸，人家带了童子登岸。登徒子陈老莲岂肯放过，就尾随在人家后面盯梢。等跟到岳王坟时，张岱文章记说：“不能追也！”就此结束。这个“不能追也”是什么意思？难不成这个女子一直走到坟里去了？

据我考证，这个“不能追也”是追不上，或者是跟丢了。女娘这边其实也是焦急，她一边走一边低声叮嘱童子说：“你回头看看，那个陈先生追上来没有。”童子报告说：“那个人喝多了吧，刚才下桥的时候我还看见他了，这会儿怎么就不见了？”女娘急得直搓手，她说：“这可怎么处呢？”前几天城里张家当铺的少东家张寿山到“月波楼”来，说有单活交给头牌红人宋小蝶做，讲好事情办妥当了，宋小蝶拿二百两银子。这单活不难做。张寿山说：“我托人打听好了，张岱家的船夫马老四告诉我说八月十三他们在西湖上聚饮，你就等在北岸那边，然后你怎么办我不管。只要能把陈老莲勾上手，让他给画一张《麻姑上寿图》，画交到我手你拿银子。”

宋小蝶眼波一转，她说：“陈老莲画价也到不了二百两，你直接上门让他给你画一张岂不便当？”张寿山扎煞着手说：“你怎么知道我没去？前几天我打发家人去买一张，画得好另加银子。这个狗才不识抬举，说要帮周孔嘉画《水浒叶子》，没时间帮我画上寿图。我们家派去的人又不会说话，二下子就说翻了，后来还要打我派去买画的人，大骂‘张寿山什么东西！仗着有两个臭钱竟敢指使他起陈大爷来了’，要拿砚台掼他，幸亏他跑得快，不然就让这个酒疯子给打坏了。小蝶呀！他骂我有两个臭钱我听着欢喜，说不能指使他陈大爷我就有点气了。你想这天下人有哪个不爱钱的，俗话讲黑眼珠见不得白银子。我这个人就是气性大，你陈老莲不是不画吗？我非要你画一张点题的《麻姑上寿图》，等他画好我再羞臊他的脸皮。小蝶这个事情你帮我办成了，除银子之外我另送你一套湖绫的褙子。”

宋小蝶沉吟不语。张寿山说：“陈老莲这个人好酒好色是出了名的，你们行内的知道。他一年到头在妓院怕不住个大半年，画子也不知道送出去多少。我要从那些粉头手中买，花不了这些钱。我就是赌这口气，我知道这个活有难度。杭州城青楼我也打听了，除了你宋小蝶没人能接得了这个活。如果你也不肯接，那我就没别的法了，除了受这窝囊气到死还怎么办？我爹以前穷的时候受人家气，现在到了我富二代了还要受别人的气，这事你说到天边，人家也不相信。”张寿山说到这里滴下泪来。宋小蝶说；“你现在把银子点过来。湖绫的褙子我自己找人做，也把它算成钱。省得你找人做，花色、样式都不如人意。事情不成，银子还是你的银子。我一文不动你的，你看使得不？”张寿山唱个大肥喏说：“使得！使得！我这就让他们称银子去。”

宋小蝶等到八月十三，早早就到北岸候着陈先生。路上也不知道过去多少文人骚客，见一个穿淡红衫子的女娘立在一株垂柳下，旁边立着一个苍头和童子。只见这个女娘斜抱着琵琶弹了一曲《渡红尘》，一帮子穷措大[1]被感动得眼泪婆裟的。其中一个捏了玉骨扇子轻敲掌心说："此曲只应天上有，人间那得几回闻。"各怀了心事，回家作诗的作诗，作赋的作赋，什么云雨巫山枉断肠，一枝红艳露凝香，一一不足。

水边柳下蚊子不少，宋小蝶腿上被咬了不少包，稠人广众面前又抓挠不得，心里恨道："这个陈老莲不知道死哪去了，情报准确不准确啊？"正在咒天骂地的时候，苍头在旁边低声说："好像是他们来了！你的琴好弹起来了。"宋小蝶取出小银镜子，整顿衣裳起敛容。这时船已经近岸，舟子伸出船篙把住岸。宋小蝶拧了一把正在打瞌睡的童子说："你个死东西。一天到晚睡不够，等回去仔细你的皮。下边要干什么了？"

童子等船靠了帮，按在家约好的戏路问张岱先生，能不能搭一下他们的顺风船。下面的故事就和《陶庵梦忆》中所记叙的一样发生了。先是湖中喝酒，然后是遇艳，最后是"不能追也"。"不能追也"完全是不可控风险，当天的戏分，应该是陈先生追到了宋小蝶。宋小蝶躺在陈先生怀里一同看月，忽然宋小蝶潸然泪下。陈先生必定要问，宋小蝶期期艾艾地说："家母马上要七十大寿了，一生心愿就是想求陈先生画一张'麻姑上寿'。不过这个也是痴想，陈先生的画都是挂在人家高堂大屋里，像我们这种小门小户人家……"陈先生说："拿笔来——"本来事情是按这样排演下来的，可就在追的半路上出岔子了，

1 穷措大：比喻贫穷的读书人。

忘了陈老莲是个近视眼。夜里湖边的水气蒸腾上来，过了桥一个投东，一个投西。陈先生追了半天，踩了一脚的泥。

好不容易回到北岸，张岱跟几个朋友吃完橘子正在闲聊。这时听到陈老莲在岸上喊：“船上有人吗？过来搀我一下！”张岱见陈老莲气喘吁吁地进来，就打趣他说：“好一场艳遇啊！”陈老莲脱了鞋在船帮上敲着泥说：“艳遇个屁！遇到鬼了。追到岳王坟人不见了，真是遇见鬼了！”陈老莲把事情前前后后细说了一遍，把几个文人都惊得两股战战。大家都说：“不早了！开船回去了，身上冷起来了。”

岳王坟附近的林子边，一个老苍头，一个童子，一个女娘。手中拿了篾编的小灯笼，他们前前后后找了一遍，一边找一边喊：“陈先生——老莲先生——”三个人找了一圈又聚到一起说：“哎！真是活见鬼了！刚才还看到他跟在后面，怎么一眨眼工夫就不见了呢？”

大先生的《两地书》

中国男作家中情书写得好的，在我心目中有这样三个人：鲁迅、沈从文、王小波。情书这种东西不好写，容易写腻掉，容易言过其实。热恋中的男女觉得彼此那真是“跑都跑得那么帅”，连跌倒都是坐马式的。在这种感情鼓荡之下，信就容易写得肉麻。当事人写和看都不要紧，但如果结集出版，局外人就要看得一身一身地出白毛汗，起鸡皮疙瘩。所以我向来不喜欢看郁达夫与徐志摩的情书，是因为我觉得这两个人都有点神经质。

有次看到一个作家回忆郁达夫，说他在南洋的烟纸店里看到老板娘生得面目姣好，就想法子要来她的手帕，然后将自己手刺破将血滴在上面。这种阴悄悄的爱恋简直使人觉得恐怖！郁达夫给王映霞情书里这样写道：“这一封信，希望你保存着，可以作我们两人这一次交游的纪念。两月以来，我把什么都忘掉。为了你，我情愿把家庭、名誉、地位，甚而至于生命，也可以丢弃，我的爱你，总算是切而且挚了。我几次对你说，我从没有这样的爱过人，我的爱是无条件的，是可以牺牲一切的，是如猛火电光，非烧尽社会，烧尽自身不可的。”

这封信就近乎有点发神经，是个男的追求一个女的时都会说出“我从没有这样爱过别人，我的爱是无条件的”，这算是陈词滥调了。你有条件也要人家愿意才行啊！谈个恋爱你就要烧天火，连社会、自身都要烧个干净。我觉得聪明一点的女生或者男生如果在谈恋爱期间，一个男（女）的给你写这种上天入地，动不动就赌咒发誓的信的人不能要。因为这路男女都比较偏激和敏感、脆弱，属于那种“好生毛羽恶生疮”的人，到真正过起日子的时候，他很容易对庸常的婚姻生活起反感。他需要的是“狂风啊”“闪电啊”“玫瑰花中的吻”“被利剑刺穿的心”，所以如果你没有办法满足他或她的这种要求，最后只会导向不幸的婚姻。反过来，这种不幸又成全了他或者她的艺术创作。

安迪·沃霍尔写他的一个女性密友，她的墙上挂了许多前男友的照片，人家指着第一张问她和前男友怎么分手了，这个恶毒的妇人就说：“他被泥石流淹死了呀！”指向第二张，那个妇人看了一眼说：“攀山摔死了！”其实这些人都活得好好的，现在只不过被她“创作”死了。

最近我在看大先生的《两地书》，我发现鲁迅先生在热恋的时候写的情书常常呈现出一种呆气，大概男女在恋爱时智商都会减退。比如他在厦大教书时写给许广平的信中这样说：“听讲的学生倒多起来了，大概有许多是别科的。女生共五人。我决定目不斜视，而且将来永远如此，直到离开厦门，和HM相见

（HM 即是许广平缩写）。东西不大乱吃，只吃了几回香蕉，自然是比北京的好。但价亦不廉，此地有一所小店，我去买时，倘五个，那里的一个老婆子就要‘吉格浑’（一角钱），倘是十个，便要‘能格浑’（两角钱）了。究竟是确要这许多呢，还是欺我是外江佬之故，我至今还不得而知。好在我的钱是从厦门骗来的。拿出来‘吉格浑’‘能格浑’去给厦门人，也不打紧。迅，九月三十日夜。”大先生情书大致是这种体例，有时读着读着就捧腹大笑起来。

还有一封更能证明他这种“呆气”的是 1926 年 10 月写给许广平的信，信中是这样说：“楼下后面有一片花圃，用有刺的铁丝拦着，我因为要看它有怎样的拦阻力，前几天跳了一回试试。跳出了，但那刺果然有效，刺了我两个小伤，一股上，一膝旁，不过并不深，至多不过一分。这是下午的事，晚上就痊愈了，一点没有什么。恐怕这事将受到训斥，然而正是因为知道没有危险，所以试试的。倘觉可虑，就很谨慎。这里颇多小蛇，常见被打死者，腮部大抵不膨大，大概是没有什么毒的。但到天暗，我已不到草地上走，连晚上小解也不下楼去，就用磁的唾壶装着，看没有人时，即从窗口泼下去。这虽然近于无赖，然而他们设备如此不完全，我也只得如此……”

这封信像一个寄宿的小男生写给妈妈报告在学校的情况，我想象不到大先生竟然有这等“卖萌”的本事。热恋中的男女往往言行会自动倒退到儿童期去，好在这个病症随着恋爱热度的减退都会好起来。

他们婚后鲁迅在致友人李秉中的信中写道“禁欲是不行的”，“归根结蒂，只好结婚”“结婚之后，也有大苦，有大累，怨天尤人，往入不免，但两害相权，我以为结婚较小。”

从恋爱进入婚姻是个艰难的磨合过程，许广平在《鲁迅先生日常生活》中谈道：“在白天，人事纷繁，和友朋往来，是毫不觉得的，但到夜里，两人相对的时候，他就沉默，沉默到要死。最厉害的时候，连茶烟也不吃，像大病一样，一切不闻不应。那时候我真痛苦万状。为了我的过失吗？打我骂我都可以，为什么弄到无言！如果真是轻蔑之极了，那我们可以走开，不是谁都没有勉强过谁吗？我不是伤痛我自己的遭遇，而是焦急他的自弃。他不高兴的时候，会半夜里喝许多酒，在我看不到的时候。更会像野兽的奶汁喂养大的莱谟斯[1]一样，跑到空地去躺下。”

鲁迅与许广平有一段时间关系弄得很紧张，许广平说有一次晚上吃夜饭的时候，鲁迅忽然睡到凉台的地上去了。三四岁的周海婴找到他，也躺到他的旁边，这时鲁迅才起身回屋。许广平说：“他对一切人可以不在意，但对爱人或许会更苛求。后来看到海婴对我时常多方刁难，更懂得了为什么对最关切的人如此相待。”

爱真是一种极具破坏性的物质，往往许多伤害是借着爱的

---

1 莱谟斯：据罗马神话，亚尔霸龙迦的公主莱亚西尔维亚被战神玛尔斯强奸，之后生下一胎双生儿子，一个是莱谟斯，一个是罗谟鲁斯。他们两兄弟一出娘胎就被丢在荒山里，由一只母狼喂狼奶长大。

名义产生的，比如父母对于子女，夫妻情人之间，师长与学生之间。比如我们在家里常常吼着："因为你是我的，我才管你。外面的人我才懒得管呢！"后来我在萧红回忆鲁迅的文章中看到，许广平简直成了一个全职的老妈子，要帮先生寄信，要看周海婴，要给客人泡茶，拿风干的荸荠招待人，出去订酒席。一天忙下来晚上哪有时间陪鲁迅说话，鲁迅一支烟还没抽完，许广平就睡着了。鲁迅曾经写了一篇文章叫《娜拉走后怎样》，张爱玲说"走到楼上去"，吃饭的时候一喊就下来。

齐白石上课

中国画过去一直以师带徒的方式传承着。学生给老师叩首之后，还要递门生帖。老师收下门生帖，这个学生就算是入了师门了。我们常讲的“入室弟子”就是这么一回事。其实进了师门也没有什么理论好讲，就是帮着老师研墨、拉纸、漂洗颜色、涮颜色盘子。

我过去学画的时候就跟几个师兄弟互相比谁更迟到，因为迟了就不用帮先生磨墨，中午还可以在他家混顿饭吃。我的老师会揪一个宣纸角擦酒杯，你一个他一个对酌。画画道理就那么多，几句话就讲完了。最重要是看老师怎么画，遇到老师心情好给你画一张课稿，你就拿回去照着这个课稿画。

画山水的老师他会给你示范：树怎么分枝，石怎么分面，蟹爪树怎么出枝，鹿角怎么出枝，水口怎么画，溪涧怎么画，像车零件一样。等把这些零件都做好，然后才讲经营位置，至于怎么样“气韵生动”那要看个人天赋。有的人出手笔下就有，有的人画一辈子也没有。

古代画论说这种人笔下带浊气，怎么解决？画论说多读书可以去浊气和俗气，然并卵！多读书也解决不了这个问题。这些地方都不是老师能讲得明白的，他只好高举毛笔大叫一声："悟啊！"你要是问他怎么悟，他也没办法，只好瞪着眼看你接着大叫一声："悟啊！"这些东西跟打游戏通关一样，要自己打。你自己打通就打通了，别人说怎么打没有用，有的时候反而徒乱心智。

课徒稿是很有意思的一种传承方式。从倪云林到董其昌，李流芳到龚半千，都有课徒稿传世。课徒稿实际是提供一种本派的图式，这个图式像个小生态，轻易不好动它，比如倪云林的树石具有很大的排他性，不信你把它搬到董其昌的山水图式中试试就知道了。现在美院国画专业大多数还是采用这种课稿方式在传承，但不像过去一对一或者一对数个学生，而是大课堂漫灌，老师以台上示范或者将在家画好的课稿带来用幻灯机投影给大家看。有的老师商业意识不是很强的，就将课稿交给班上的同学让他们一个一个往下传。但大多数时候就传着传着传没了——结果过了一段时间在字画文玩市场上这个课稿又出来了。老师也得到了教育，下次上课再画的时候示范完了撕掉，扔字纸篓里。这也备不住有些人将画从字纸篓里拿出来修裱好了，还能卖一回钱。我听一个在中国美术学院的朋友说，有的鸡贼的老师上完课将课稿撕碎浸在水盆里。这个有点过分了！大家不要跟他学。如果过去陆俨少、顾坤伯、陆抑非他们也这么干，怎么会有今天那么多课稿存世呢？既使拿去卖了钱，换了酒肉吃，它还有个价值在那里。

1928年徐悲鸿担任北平大学艺术学院的院长，他聘请齐白石到学校当教授。齐白石死活不答应。老先生怕啊！齐老心想：“我一个乡下人，木匠，北漂，才上过半年学，又不会讲什么画画的大道理，这不要我的命吗？”老先生是从师带徒的模式中出来的，对于这种西式美术教育他感到无从下手。徐悲鸿只好一回两回往他家跑，最后答应他上课可以不讲，坐在那里做示范就好了，说好一节课四块钱，三节课连上，三四一十二，十二块钱。

看在钱的面子上齐先生答应下来，每到上课的日子，齐先生就坐着自备的黄包车去了。齐先生的黄包车外面有个青布幔子，幔子上写着白字“齐宅”。老先生头戴一顶毡帽，帽顶缝一个大红球，手持藤杖，鞋上还缝个小铜铃[1]。齐老先生就这样一路小零碎地进了学校。

学校的女学生一听到铃铛响，心里暗叫一声：“哎呀——妈呀！财神爷来了。”女生们蜂拥而出，扶的扶，搀的搀，有叫爷爷的，有替他拿拐杖的。齐老先生被一班小妖像风似的撮走了——石老在文中写齐白石先生手也不闲着。他掐一把萧琼水嫩嫩的脸蛋，然后问她：“你爸爸在家吗？”萧琼回答：“去天津了。”“回家跟你爹说，过几天我去看他。”

---

1 引自石谷风《三十年代的北平画坛》。

萧琼是京城四大名医萧龙友的女儿，萧龙友跟齐白石是老朋友。一班的莺莺燕燕围着齐老先生说个不休，眼看半堂课就过去了。这个情景让班上的男生相当气忿，石先生回忆说，男生悄悄跟班上的女生耳语说："半袋面粉没有了。"

看看时候差不多了，齐先生拿起斗笔蘸上墨走到画台前看了一下。墨也研好了，纸也理好了。他摸摸纸打量一下，又把笔放下来跟女生闲聊，男生他连望都不望。一个小时过去了，齐先生才在纸上画了个墨团子。过了一会儿看看纸上的墨半干了，又换了一支小笔在这个墨团子上添上翅膀。原来是画一只老鹰呀！女生都拍起了巴掌，老头快活得脸上都要放出光来。

隔壁学西画的学生听到拍巴掌就趴在窗外向里看。齐先生让女生把画挂到墙上，有一个冒冒失失的男生说："齐老，我个儿高，我来挂。"齐老白他一眼，让他退下。他抱着手对着墙上的画打量，过了一会儿他让女生把画拿下来。他在老鹰空白处添上松枝，题上款、盖上印就是一张完整的画了。女生说："齐爷爷给题个款吧！"老齐沉吟了一会儿说："题款就不够本了！"因为一次课是十二块钱，画比课时费高。如果题款盖印，就划不来了。

一节课老先生要画两张画，下课以后他将课稿分赠给班上的女生。等到下课后一班的女生拥着齐老黄包车送到校门口，有的喊："齐爷爷下次早点来哦！"有的说："齐先生下次你可得给我画一张啊！"石老他们国画班的男生简直气得七窍生烟。

过了几天得了画的女生相约到齐宅去题款盖印。齐先生听说艺术学院的女学生来了，就吩咐开了门。她们围着齐先生闲聊，聊了没一会儿就拿出前些天的课稿说：“齐老师给我们题上款呀！”齐白石听了直摇头：“这个真不行。亏本买卖，可使不得！”这时上去两三个女生一左一右摁住齐先生的手说：“题一个吧！齐老师，求求你了。题一个吧！”

她们抓住齐老先生两只手一通晃，晃得老头眼晕，他说：“你们放手，我题！我题！”放开右手，左手还要逮着，怕他反悔，不题再接着晃。齐老先生题完之后，女生说：“盖章！”老齐说：“章真不能盖了，这个真要钱了！”她们就两个人摁住他，其他女生在画室翻印章。齐白石图章很多，有两百多方。她们找到几方要往画上盖，齐先生就摇头，这个印章不合适。然后用嘴努努，示意印章在抽屉里。她们打开抽屉，一张画上盖七八章，等盖好了就松开手说：“齐老师，我们走了。过几天再来看你老人家哦。”等她们走了，看着烟尘陡乱的画室，翻开的印泥盒子，齐老先生说：“小婊砸！又上你们当了。”

石老在《三十年代的北平画坛》一文中回忆说：“我的女同学收藏着齐先生一些画，那都是精品！”

两本好书

我最近买了两本好书，一本是《都门四记》，一本是《我怎样画工笔花鸟画》，都是于非闇先生写的。我以前看周作人的散文时，里面有一篇文章叫《于非闇的笔记》，写一些市井间风俗和养鸟钓鱼的文章，周先生夸他写得“松脆隽永，没有人能及”。于先生是工笔花鸟的大家，我看过他不少画子。我初学画的时候，有一本叫《画刊》的书。上面经常登一些收藏家的文章。有一次我看到一篇吴祖光先生的文章，说他自己收藏的东西被“文革”的“劫火”弄个精光，家里剩下一卷对联一轴画。对联是陈老莲的“何以至今心愈小，只因以往事皆非”，画则是于先生的云中双鸽。这两件东西因为搁在大橱的顶上，没十分当成宝贝，抄家的时候反而漏了过去。书中还附有一张黑白照片，两只鸽子盘旋在云端，下面是舒卷的云头。

后来在其他书上又看到彩色图片，画是画在泥青色的纸上。北京秋天赶上天好的时候，就是这种蓝，蓝得一丝渣滓也没有。

青天上两只白色的鸽子相与佶伉，一上一下，脖子上有一圈黑色的羽毛。这种鸽子是中国的传统品种，跟现在肉鸽、广场鸽长得不一样，齐白石画的和平鸽就是这种鸽子。我看过他画过的一张草稿，用毛笔画在一张包鞋纸上。鸽子翅膀前端有个“拨风羽”，他都一枚一枚画得很清楚，从这个推测白石先生是懂鸽子的，就是不懂他也常听行家说起过的。后来他画了许多跟和平鸽有关的画。一张画上有个瓶子，寓意是“平”，瓶子中插一株莲花，谐音“和”，下面画一只鸽子，鸽子头上还有个冠子。于先生和白石老人画的鸽子都是这种传统品种的鸽子，这种鸽子形象比较入画。前几天我把这两本书买回来，读了觉得非常的有意思！

《都门四记》是由这样几个部分组成：《都门钓鱼记》《都门艺兰记》《都门豢鸽记》《都门蟋蟀记》。每一部分都讲得非常详细，可操作性很强。就拿养兰来说，于先生说要炒土，把土中的病毒和虫卵杀灭。我家里就经常干这种事情，外面的土运回来，放在铝盆里架在炉子上炒，炒得家里都没办法待住人，气味实在太难闻了。在北京这个地方能把兰花养活，而且年年还能开花，真是要有点本事！所以我觉得看这些东西才真正是长知识。不过话说回来了，彼之蜜糖，吾之砒霜，各人读书口味不一样，无法强求。

另外，画工笔画的人我强烈推荐这本书《我怎样画工笔花鸟画》。如果我早二十年看了这本书，我也许就改行画工笔去了。

于先生从怎么起稿，到怎么样把稿子度过来，说得清清楚楚。天赋够的人你就照着这本书办去就行了。比如他就把做纸说得非常明白，因为我看好些技法书都是屋上叠屋，越看越糊涂。于先生不这样，他说："画工笔花鸟画用纸，越薄越好，在新纸中我喜欢使用棉连纸，其次是六吉料半纸。这种纸在双勾时，行笔要快。"比如讲到熟纸的方法：" 四尺棉连十二至十五张、黄明胶一钱，温水泡经三日，水不要多；白芨片五分，温水泡三日，水不要多；明矾五分，温水泡三日，每日振荡一两次，以融解为度。然后把这三种水混合在一起，用排笔由左向右刷，或由上向下刷匀，之后阴干。"这些非常具体的办法，很多工具书中都没有说明，或语焉不详，对初学者来说就很难办。这本书中我最感兴趣的是于先生是跟一个民间画工学的画，我们现在讲画画都是先从素描学起，实为大谬！中国画有它自己的一套训练方式。于先生这个师父是先教他养虫养鸟，虫鸟养好了又学着怎么制作颜料。于先生的颜色做得非常好，有专著行于世，叫《中国画颜色的研究》，有兴趣的朋友可以买来看看。

传统中国画训练人说，描线的时候手指头不能动，就是臂肘动，所以一根线画几米都不失分毫。没事的时候练画圈，如果画圈就练波浪形的线。拿一支笔在废纸上画，一圈画下来折返头再画，要练到要什么样的线来什么样的线，这叫随心所欲。他谈创作谈得比较实在，中国画讲叫"目识心记"，画画起初都是要临摹大量的经典作品，要把这些东西死死记在心里，就是一种很好的图式训练办法。然后再到自然中去，当你看到自然界的花花草草时，这种图式会跳出来提醒你怎样去取舍它。于先生说画一株牡丹，那么多叶子，不可能一片一片画出来的，那就要找最典型的叶子，然后用最美的方式把它画出来。

这种“目识心记”的方式后来就没有了，一般画画的人出去以前有个速写本子，现在带个相机或者手机一照。但这些速写或者照相回来的资料，在实际画画中派不上什么用场。因为这种东西没过过脑子，“目识心记”就是先用眼睛滤过一遍，然后脑子再滤一遍，剩下的是最能“入画”的东西。我以前看过中国民间画匠有个口诀，比如“一手捂半个脸”。这个画人物开脸的基本测量办法，有许多画人像的方法就没有留下来，于先生在书中谈到这些东西还是非常惋惜的。

我看过一个资料说任伯年画人物肖像。晚上风把灯吹灭了，他就燃了一根纸捻子举在手中画。纸捻子烧完，他把人物的脸部也勾完了。看他画册上画的《酸寒尉像》，画中的主人是吴昌硕，做着清朝的一个穷县官，两只手拢着，好像随时准备打拱作揖的样子。脸部寥寥几笔非常传神，吴昌硕有照片可以对比着看看。照片上人反而呆乎乎的，衣服上有笔直的折痕，毕竟那个时候照相还是一件大事情，可能还怕洋人这个玩意儿把魂摄了去，吴昌硕先生一副惊魂未定的样子，呵呵！

写　字

不想说书法，这个词太正经，还是说写字家常一点。不然容易和江西那个贪官胡长清一样把书法看得严重，成了最后的救命稻草。胡长清临死的时候对监狱长说："你们留我一条性命吧！我给你们写书法。我是中国书法家协会会员，著名书法家，每天给你们写。"临注射毒针前，两个牢头禁子来，把胡长清两脚不沾地拖出去，他抓着牢门说："我给你们写书法。我会写字！我会写字！我是书法家呀！"

所以"书法家"这个词现在臭了街了，真写字的人都不敢轻言书法了。也奇怪，现在许多长官都喜欢写字，是不是因为这个门槛比较低，会拿毛笔，再加上有个官位就是书法家了，就像做了官然后又写诗，不想做诗人都不成。人做了官就是神，就可以无所不能。

我有一个朋友在部队里当参谋，口头禅是："参谋不带长，放屁都不响。"他就是属于那种放屁都不响的阶层。他说他们司令就喜欢写字，吃完饭喝过酒以后就要有人求字。没人求字，他就不快活，要骂娘的！所以像他们这种小参谋就常被安排去求字。他们在酒桌上纷纷站起来，把酒杯擎在手里，嗫嚅道：“这杯我先干为敬！王司令您别动杯子。我有个小小的心愿，就想求您老人家一张字。”

王司令佯理不理的，跟另一边的政委、参谋长说话，然后把手掌往下按一按说：“哎，坐下说，坐下说，也不是什么大事嘛！你们不体谅我，这几天下基层来天天都叫写，这个老胳膊都写断喽。”然后拿了筷子在手里划着说：“这个写字就要有劲。笔锋要到，跟刀似的。你们年轻人不懂，其实写字最伤人元气，不能多写呀！”这边小参谋点头称是说：“我们年轻人哪懂写字。现在都用电脑，字写得跟鳖孙似的，不敢见人。”王司令慢慢聊得入港了，酒也喝得兴起，脸上放了红光，拿手抚一抚秃顶上不多的几根毛说：“你们可不要小看这写字。可是一生功夫嗷！颜柳欧赵一家一家学过来，还有怀素，要吃了老酒才写得好。毛笔也不知道写烂掉多少。纸嘛，都堆成山。一笔不好就算是废掉了，外行人哪里懂？”然后拿鹰一样的眼看过来。小参谋吓得心里一激灵，忙说：“那是！那是！”

菜过五味，酒至微醺。王司令一拍大腿说：“今天不给你们写，看样子也走不脱。我这个人爽气，不像那些个书法家扭扭捏捏的，今天就给你们写，写死也给你们写，笔墨准备了吗？”那边早有人一迭声地说：“早就准备好啦！张参谋他们几个小年轻知道你要来，早就叫人把文房四宝准备好了。纸是红星宣纸厂陈年的宣纸，找人买来的，一大家子就等着看你的大手笔了。”政委侧过脸去，跟旁边的参谋叽咕几句，大概是吩咐安排写字的现场。王司令写字的时候，喜欢有几个小女孩子在旁边围观，让人到通信连找几个长得齐楚点的来。张参谋也知道通信连女兵都是歪瓜裂枣，这个任务怕是不好完成。王司令吃了点酒，别看得吐出来，就附耳说：“你看这样可好？我到演出队看看。如果还有在家的，叫她们几个过来看看，助助兴，也学习一下？”政委沉吟了一下说：“行！你去办吧！”

吃过饭，王司令健步走进会议室。会议室里早安排下笔墨纸砚，“一得阁”墨汁散发着幽香。两旁站立的人纷纷鼓掌，喊着：“王司令给我们留张墨宝吧！”然后挤挤挨挨往桌子边钻，嘀咕说：“这次一定要给我们警通连写了。上次王司令来我们还没要到字，这次就算轮也该轮到我们了吧！”那边说：“杨春你别过分啊！上次王司令来只给我们写了一张小的，多少行家看了说好，春节到连队来慰问的地方书法家看了，都佩服得五体投地，说是学了这么多年也不及王司令笔力老辣，还说要跟您学习呢！这次无论如何王司令要给我们写张大的，好挂在我们连会议室里。”王司令很慈祥地看着下属们争争吵吵，就像看一帮儿孙辈为几个糖块争吵一样。他的心情不是小好而是大好。

他把手略按一按，就像一个指挥家在指挥乐队，这些喧闹戛然而止。他清了清喉咙说：“要我写也可以，但我有个要求，一个人只能要一张，多了不行！还要给后面的同志机会，大家说是不是？写好的，拿着纸到后面等着晾干。没写的自己找纸，今晚豁出我这条老命，每个人写一张你们看可好？”于是掌声雷动，兴奋地交头结耳说王司令就是没架子，平易近人，声音小得恰好能让王司令听见。几个演出队的小姑娘高兴得跳起来了，拍着小巴掌，身子扭来扭去，然后拥到首长的身边。马副政委说：“那个小张、小王你们站在前面，眼睛活泛点，看到墨汁洇出来了，找张废纸给吸一吸。”“别光顾了欣赏。能看到王司令亲自给你们写，也算是你们有福了。我求了多少年，他还没给我写过一张呢！”王司令已经把毛笔捏在手里了。他回过头看看马副政委说：“你呀！不老实，去年你找我还要了十几张。可我一张也没看你挂过。”政委说：“我真舍不得挂！原来我裱了几张挂在家里，被老战友扯走了，他们几个跟土匪似的。现在我都收藏起来，不能再让他们发现了。”

王司令饱蘸一笔浓墨，然后在白瓷盘里舔了点水，在纸上一拧一拧，一个斗大的“虎”字跃然纸上。大家倒吸一口凉气，纷纷说好！把手掌举起来拍，相机灯光闪成一片。又蘸墨写“长城永固”。城字一钩伸出去多长，像一把大镰刀割过来。然后又写一个“龍”。王司令的“一笔龍”最出名，最后一点尤其出神。这一点说时迟那时快，正在大家愣神的工夫，一笔砸在纸上，墨汁四溅。凑在前面的几个人，嘻开的牙齿上都迸了墨汁。大家顾不上头脸上的墨汁，说没有这种笔力，哪能把墨激得飞出这么远。这种字体纯是王司令独创的。

那天晚上王司令真写了不少字，最后总算是把他累爽了，说真写不动了！政委使了个眼色，起哄的人才算拉倒。王司令洗了手，嘴上叼了烟，背着手，一张一张看放在地下的字。他用脚指指“虎”字说：“这张还有点意思啊！你看这最后一竖。”大家说：“神完气足。”他说：“这个老佛（虎）的尾巴最厉害了。连武松都怕这一甩。这一竖就代表老虎的尾巴。”大家都说不是王司令解说，哪里能想得到，就算是想破头，也想不到这一竖原来是代表老虎尾巴。

我那个朋友过了几天把字都送我了，他说他有十八张。我问他：“不是说一人要一张吗？”他说别人不要了送给他了。他让我看看可好。我看了看说：“这真是乌龟吃大麦糟踏粮食啊！这可都是八几年的红星宣纸呀！你看看这个纸纹，纸都泛黄了！纸比字好多了，亏他下得去这个手。”他说：“这个还有用吗？”我说：“你给我吧，我回去把纸的边边角角裁下来，画几张小山水还是行的。”他从储藏室抱出一摞子给我说：“拿去吧！搁家占地方。”

1934年2月10日

1934年7月19日

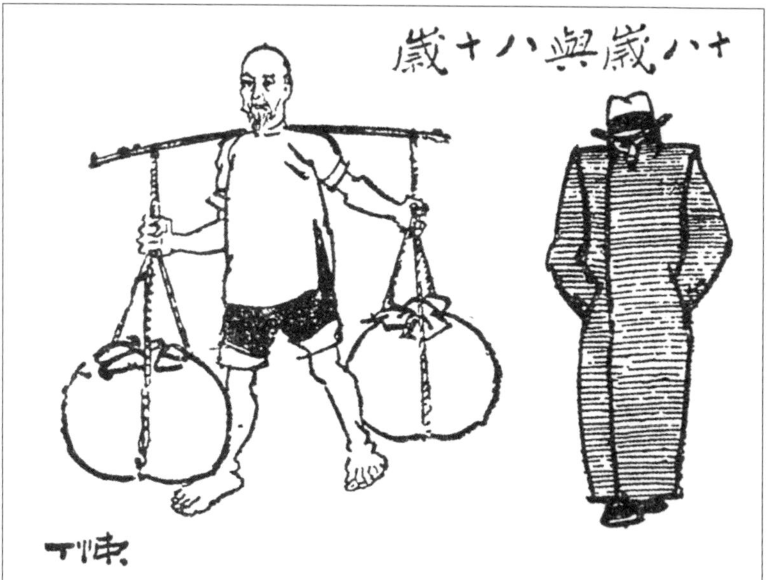

1934 年 11 月 14 日

1934 年 11 月 24 日

1935年5月29日

手艺人的思想

最近有一部叫《百鸟朝凤》的电影在院线上映，据说制片人为了能多排片都下跪了。但我还是没去看，因为我现在很少看电影了。我看了一下电影简介，说是一个唢呐艺人收徒的故事，电影围绕怎么收、收什么人的事情，徒弟的才分怎么样，以后能不能守住这门艺术。其实现在传统手艺与艺术都面临这个问题，城乡都有这个情况存在着，只不过没有电影里描写得那么纠结。

前几年我儿子上小学的时候，跟了一个木雕师傅学木雕。那一年政府为了非物质文化传承的延续，在城隍庙内办了一个暑期培训班。对传统手工艺感兴趣的孩子都可以去学，师傅无偿地传授。政府给予一定的补贴，以便他们在学徒的孩子中发现好苗子。本来我准备让孩子去学唱大鼓，一是因为我儿子话少，比较内向，我觉得学唱大鼓书可以培养他的表现意识，使他更活泼一点。另外一点就是他说《三国》或者《水浒》的时候我还能参与进来，给一点儿意见。

我带他去报名的时候，发现准备学大鼓的就我儿子一个人。教大鼓的师傅是个很瘦的老头，他穿着洗得发白的中山装和黄军裤。现在这种装束除了工地看门的老头基本上在市区很少看到。翘着二郎腿，在中指与无名指之间夹着一支香烟，他的嗓子沙哑，本地人叫“烟酒嗓子”。这种嗓音在西方唱爵士与民谣歌手当中常见，比如Louis Armstrong，中国唱鼓书或者说评书的人多的是这种嗓子，出名的有单田芳等人。他一边抽烟一边问我儿子，为什么要学大鼓？我儿子回头看我一眼说：“我爸让我学大鼓。”他说，你听过大鼓书吗？我儿子摇摇头说：“没听过。”他又问我：“你儿子平常喜欢唱歌吗？”我说：“不喜欢，我很少听到他唱歌。有一回他唱《外婆的澎湖湾》，我在旁边大笑，后来他就不唱了。”他说：“不喜欢唱就不好办了。这样吧，我唱一段让他听听。他要是喜欢就学，不喜欢你再转转。这里面教木雕的、捏面人的、烙画的、吹糖人的都有，你都带他去看看，喜欢哪一门学哪一门。”

他把腿放下来，拿起鼓键子，在鼓上试了试音说：“现在的电视电脑，什么音响随身听都不知道有多少。过去人的文化生活单调，没东西看，也没东西听，秋后庄稼收了，农闲就在猫冬，闲得蛋疼。说鼓书的人来了唱一段，这就是文娱生活。一本《薛刚反唐》说到过年，挨家收点米面能回家过个肥年。现在你说谁要听这个？节奏太慢了，我自己家孙子都不爱听！我平常在家想唱他们也不给唱，说太难听了。我只好没事就背着鼓到公园或者河滩上去唱，老头们退休了没事儿在那边打牌、打麻将。这些人一死，这个东西你还唱给谁听？”他指指我儿子说：“像他们这代人，从小跟这些东西就不亲。大鼓书非要在农村里面，晚上的场基上，或者在牛屋里，外面鸡不叫狗不咬的时候说起来才好听。现在所有的乐器经过扩音之后都比它的声音大，人嗓子能干过机器吗？有人跟我说过弄个扩音器说鼓书，我也试过，但不是那个味道。所以说这门艺术到它要亡的时候了，现在问题是让它体体面面地亡，还是又给它灌参汤吃什么补药，延几天命再死得难看一点。我不是有什么牢骚，就拿我个人来说，出门我也爱坐车，你让我骑头驴那不是瞎扯淡？这次街道上通知我，说什么弄一个非物质文化传习班，看看有没有年轻人要学这个东西，我都当笑话来看。本来以为一个报名的人都没有，谁想到你们父子俩来了。”

说完，他敲了敲鼓架子说：“今天给你们父子唱个专场——薛刚打擂。”唱完以后，他问我儿子说：“你能听懂吗？”我儿子摇摇头说：“听不懂你唱的是什么。”他笑笑说：“这也不能怪你，你们从幼儿园到小学都是学普通话，我们唱的这个土话你当然听不懂。”接着他又问：“喜欢吗？”我儿子说：“不喜欢。”他摸摸他的脑袋说：“不喜欢就对了！回家好好念书，少看这些闲书，耽误时间哦！”

我看着他把鼓架子收起来，觉得有点不好意思，一再给他道歉说“对不起”。他说：“这有什么对不起的？其实我也是来玩玩。我跟你讲学手艺就是这样，师父挑徒弟，徒弟也挑师父。好师父能跟好徒弟遇到一块儿，百年难遇。”他背着鼓，手里拿着鼓架子，说：“你带孩子到处转转，看有没有他感兴趣的东西。现在学这些东西不像我们那个时候为了混饭吃，主要是个兴趣。他不愿意学的东西不要勉强他。”他把东西放到一个小电动三轮上，回过身来说：“再会，以后要听书到河滨公园来找我。”

后来儿子报了一个捏面人班和木雕班，不过从上初中起就全撂下了。我儿子木雕手艺不错，每次去学手艺的时候，师父都买了小点心和冷饮请他。他围着围裙，手边放着几十把刻刀。他刻一会儿就用手把木头上的木屑拨到一边。师父让他刻点小佛像和双鱼，刻好以后他修一下就是成品了。那年夏天木雕师父收了四个徒弟，到了暑期结束的时候就剩我儿子一个人了，只有我儿子一直跟他学了下去。他们师徒俩话都很少。我发现一个规律：喜欢动手的人都不太爱讲话。

等到儿子快要上初中的时候，他师父跟我有了第一次较严肃的谈话。他说：“如果这孩子今后真要吃这碗饭的话，明年我就要教他磨刀了。以前的刀都是我磨的，他是来玩的嘛，我怕他伤到手。现在他要上初中了，快十二岁了，学手艺最好的年龄，这个岁数心思比较单纯。老辈人说‘四十不学艺’，岁数大了学手艺真是不行了。我想听听你怎么想？”

我说：“还是学着玩玩吧。说真的，这个事情我还真有点接受不了。”他说：“这个我能理解的，以前我学手艺是初中毕业以后，家里条件不好，家里人给我选了这条路，说学门手艺吧。到了就先干，一年以后师父说我是这块料，就留下来干这行了。一直干到现在，其实这一行收入还不错，辛苦是辛苦一点，你跟孩子说一说。”我指指脑袋说：“是这里转不过来。”他笑起来说：“是的，是的。我家的孩子是女儿，她自己不愿意学这门手艺，跟你儿子岁数差不了多少。换成我，我也要琢磨。别人家的孩子都在上学，自己家孩子这么小给人当学徒去了，长大以后怪起我们来怎么办？”我说我也这么想的。他说：“既然是这样，以后他有空就来玩，我呢也不用徒弟的标准来要求他，我给他雕了一个聪明的一休。这个你送给他，叫他好好上进念书。”说完他递给我一个锦盒，里面有个两手放在脑袋上转的小一休。

等儿子上了初中以后其实很少有时间去玩了，有时候晚上做作业要写到十一点多，星期六星期天要到老师家里去补习。有一次我在古玩市场遇到他师父，师父问我现在还雕点什么东西吗？我说没时间了，作业太多了。他很惋惜。我俩寒暄了一会就分开了。回家晚上吃饭的时候，我跟儿子说：“我遇到你师父了。”他问师父说什么没有？我说没有。他又问：“师父现在带新徒弟了吗？”我说：“这个我就不知道了。”

前年故宫博物馆的张旭光师傅来本地，我们就谈到手艺传承这个事情。老张跟我一个朋友他们都是古画修复师，现在都带着徒弟。我那个朋友带了两个都是省博物院指定给他带的。他常说：“手艺传承不是徒弟找师父，而是师父找徒弟。”

我问他对现在带的徒弟满意吗？他耸耸肩说没有什么满意不满意的，都是同事，你还真拿别人当你徒弟了？我说你们上次不是搞了一个收徒仪式，你坐在椅子上受了徒弟敬的茶了吗？他说那个是单位领导要弄的，是个噱头。其实无所谓收不收的。

“我们都是在一起干活，人家大学就是学的这个专业，但是他学这个不代表他就有干这行的悟性。或者说自己就喜欢干这一行，而且弄古旧字画装裱这一行，大学毕了业，有的人甚至还念到研究生，再做这个时岁数就大了。手艺，手艺，是要在手上做出来的。理论再强有个鸟用！过去我们家虽说手艺是祖上传的，但是自己家孩子到学的时候，还要介绍到人家去，怕自己家心疼孩子下不了狠手打，就是怕将来学艺不精砸了自己家的招牌。他说我现在也想把这门手艺传下去，但找个好徒弟太难了。很多人都吵吵说我是这块料，其实不是。现在的人最缺的是耐心，连我自己现在都很缺耐心。就算我找到这样一个人，他也想学，但怎么进到这个体制当中来又成了问题。一般人学古旧字画修复，他不在这个机构里就没机会上手。我现在不收徒弟原因也在于此。我以前想过要有使命感，要传下去。但这几年想通了，那是自己骗自己的。一个人老干一行，就像驼鸟一样把头扎在沙堆里，时间久了，就觉得这个沙堆是整个世界，夸大自己所从事的这一行，认为社会上缺了这一行天都要塌下来了。以前街上有很多手艺人，修钢笔的，修乐器的，织补袜子毛料衣服的，修伞的，磨刀的，修棕床的，补锅的，你不能说人家不是手艺人吧？现在很多手艺都传不下来了怎么办？其实一个手艺它既然传不下去，就自有它的道理。因为有更好的东西代替它了，或者就是它没有存在的必要了。我对自己现在所做的这一行也是这样想的，传不下去就不传了。”

霍东达咖啡馆

在巴黎的蒙帕纳斯瓦文广场上有两家咖啡馆，隔街相望，一家叫多姆咖啡馆，一家叫霍东达咖啡馆。因为霍东达的老板利比昂比较好说话，周围的艺术家喜欢光顾他的店。他的生意比较好，可是挣不了什么钱。霍东达咖啡馆的老板被流浪艺术家称为“霍东老爹”。他真爱这些疯子们！他允许这些穷汉们在他的店里只点一杯咖啡就坐上半天。巴黎冬天很冷，海明威在《不固定的圣节》中就曾写过：“随着最初几场寒冷的冬雨，这座城市一切令人沮丧的现象都突然出现了，高大白色的房子再也看不见顶端，你在街上走，看到的只是发黑的路面，关了门的小店铺，卖草药的小贩、文具店和报亭，那个助产士——二流的，以及诗人魏尔伦在那里去世的旅馆，旅馆的顶层有一间我工作的房间。”

顶层的工作室冷是可想而知的。躲到哪里去？巴黎最好的地方莫过于这种花两个小钱就能泡一整天的咖啡馆。霍东达咖啡馆除了暖和不说，还提供免费的法式长棍。到了开门的时候，老板利比昂就在店里走来走去。他是一个身材高大的人，银白的头发，蓄着八字胡。他把手插在背心的口袋里踱来踱去，嘴里叼着一支褐色香烟，烟雾使他眼睛眯缝着，显得很高傲的样子。他跟每一个来霍东达的人都聊上几句，像在巡视的学监，比如："最近怎么样？""画卖出去了吗？""嗯，怎么这么瘦，是不是印度大麻抽多了？你吃点东西吗？""少扎点吗啡，听到没。"这些人盯着咖啡杯子，一只手托着腮，像是没有听到他的话。雪扑打着霍东达咖啡馆的窗玻璃，立刻密密地沾了一层，像春天的柳絮扑人。利比昂先生叹一口气，在桌子上放几个法郎。

门被打开，一股冷空气被带进来。莫迪里阿尼神气活现地从门口走进来。他在蒙帕纳斯有个光荣的绰号叫"波希米亚人"。但看他穿着没了后跟的皮鞋，亚麻布的大氅，腰间扎了根绳子，戴着露指的手套，两根手指头撮着根烟头晃进来喊道："霍东老爹！生意好啊？"利比昂咕哝着说："有你们这帮王八蛋在，我这生意好不了！"这时他过去搂着利比昂的肩头说："听着霍东老爹，我眼看就要发达啦！我接着一个好活，给一个男爵夫人画一张像，等我拿到钱，我把老账新账一起还了，怎么样！"利比昂看看扶着自己肩头的脏手问他："你这几天鬼混到哪里去了？"莫迪里阿尼蜷在椅子上说："这几天我在弄雕塑，画画没劲！我跟布朗库西一块儿弄了好几个雕像，我从建筑工地偷了几块好石头。可累死我了！布朗库西你认识吗？就是那个罗马尼亚人。”对布朗库西，霍东老爹有点印象，他记得这个人眼神有点神经质，看人的时候老像在寻仇似的，恨不能要从人身上刨去一块还是怎么的。现在知道了他是雕塑家。这个消息让他很放心，只要不杀人放火就好。玩艺术能祸害到哪里去？

莫迪里阿尼一般坐在霍东达咖啡馆的西北角，这边视线开阔，从这里可以一览无余地看到霍东达的男女众生。他看过之后，叹息一声：“你们这帮可怜的废物！”然后在地上啐了一口。他打了个响指，酒保给他端来一杯酒，站在他的旁边说：“先生！你有一个月没有结酒钱了。”他用眼睛看着酒保，看了许久。酒保知道他没钱，又看看霍东老爹。霍东老爹耸耸肩，摊开手。知道他照例是没钱的，容日后再算吧。他挥挥手，酒保走到一边。

莫迪里阿尼环顾四周，发现有几个生脸孔，他知道他抓钱的机会来了。霍东达名声在外，世界各地不缺好事之徒来参观艺术家生活的。来了不朝朝圣，不坐坐霍东达咖啡馆，说不过去呀，就像到了北京不看 798，不看看宋庄一样。莫迪里阿尼走到酒保的跟前低声说：“拿张白纸来，等会儿跟你算酒钱。”纸拿来，不急着画，看谁好欺负。莫迪里阿尼用目光一个一个打量，唉，就是他了。戴眼镜的那个胖子，这个资产阶级。穿得那么讲究，下巴都三层了还吃。一个人点那么多菜，喝那么好的红酒。

他看完后，默默地为这个“羔羊”画像。像不像他管你呢！照例是长脖子，哀怨的眼神，塌肩，两只大手无助地耷拉在胯间。画完了他在一角写上：莫迪里阿尼。然后面无表情地来到被画者的面前，说：“五法郎。”坐在椅子上的胖子抬起头来，看到一张冷漠而高傲的脸。“五法郎。”这个人赶紧摸口袋说：“我给！我给！”摸出一张十法郎的递过去。莫迪里阿尼不接钱，还是冷冷地重复道：“不，五法郎。”到过霍东达咖啡馆的人都知道，莫迪里阿尼的肖像画收费不二价。少了不行，多了不要。

利比昂爱着这些人，觉得他们可怜而有趣。他们像一伙来自异域的方士，精神被一种痛苦的魔法迷惑住了。他又觉得无能为力，只能尽己所能地帮帮他们。比如他们在店里喝完酒耍酒疯、打架，他从不叫警察来，只是好言好语抚慰他们；听他们说自己天才有多高，高到天上去了；和他们一齐诅咒这个万恶的、势利的世界，然后看他们趴在桌子上揪着头发大放悲声。听他们赌咒发誓明天就要回俄国或者意大利老家了，再也不回这个鬼地方，永别了巴黎！永别了霍东达！然后决然走出去，霍东达午夜两点要关门了，不走不行了。休息一小时，三点开门。三点钟一开门，这些个醉鬼又一脚踏进来了。大概又在其他地方喝了一点，醉意更沉了。耗子一样一个接一个溜回来，坐到原来的座位上高谈阔论起来。

霍东达的“好主顾”们不仅有这些画家和艺术家，还有一些职业革命家，无政府主义者，马克思主义者，打卦、看手相的，还有催眠大师，他们神神道道地来了又去。列宁和托洛茨基就经常光顾这里，伊里奇说到激动的时候就一撩后衣襟，把手往前一伸。大家在《列宁在十月》中应该是见过的，弄得大家一惊一乍，咖啡也喝不好。

霍东达成了他们的接头点，一些在战争中溃散的俄国士兵也来霍东达找他们的战友们回国，好组织起事。法国警察又盯上了这个地点，警告利比昂好几次了，要他不允许这些不三不四的人到店里来，不然发生任何问题，就要找这个老好先生“喝茶”。之前画家吃、喝、住、借不说，现在又来这么一帮子革命二流子，利比昂先生实在有点招架不住了，只得把店卖掉，在别的地方盘下一家小的咖啡馆。

这家店离蒙帕纳斯比较远，这些人总算是不上门了，来的都是巴黎的规矩人。他们小声地说话，安安静静地喝咖啡，互相深情地看，像小鸟似的互啄。门外的树叶长起来，又落了。利比昂先生用手托着腮帮子，从店堂的落地窗看出去，总看见街上有无数的脚来来去去。他想蒙帕纳斯，想霍东达。他经常回到霍东达去，自己一个人找个角落喝闷酒。看新店主把这些人推来搡去，或者喊几个伙计把喝醉后的酒鬼提起衣领扔到街上。又过了几年，利比昂先生就死了。霍东达的老顾客帮他张罗了一个很体面的葬礼。后来的事，善良的霍东老爹就看不到了。

徐星上次到合肥来放映了一个纪录片叫《五加五》，采访宋庄一个穷画家，问他为什么喜欢北京，待在这儿就不想走了，这人说：“北京有流氓啊！”这样看来巴黎有多少流氓，蒙帕纳斯有多少流氓，这怎能不让利比昂先生牵肠挂肚。

那些永远读不完的书

前几天我整理了一批家里的旧书准备拿到旧书店卖掉，发现许多书自买回来之后一次都没有读过。我坐在地上慢慢翻看，犹豫是不是要把这本书放在要卖的那一堆里，比如拿在手上正在翻看的《尤利西斯》。我在很多人家的书橱都发现过这套书，我也曾尝试着从他们家书橱抽出来翻看，发现他们的这套书也都是新发于硎，顶多是纸黄了一点，给这套书平添了几分迷人气息。这时书的主人踱过来，他看着我对着这本书发愣，就开口说：“买了很久了，一直没时间看。放着放着都放旧了！”其实我和他心里都明白，这是属于那种永远都不会读的书。

经典就是自从被印刷出来以后就有一种神性，这种神性就是它注定要被供起来，而不是用来阅读的。想一想这样伟大的作品，被你那么轻慢地捧在手里阅读，你也许是头朝下脚朝上拿大顶似的阅读，也许是把一条腿搭在沙发扶手上，身子倒在沙发上如中枪似的阅读，也许是把腿架在桌子上读，我自己不左烟右茶点心伺候都没法看进去一个字，想一想这种读书姿态都令人不寒而栗。

这样的书只适宜放在书房里，高踞在顶层一格里。它带着悲悯的笑容俯视着众生，让它跟尼采、黑格尔、弗雷格及《西方哲学》《西方的没落》排排队坐着，一直坐到头上蒙上神圣的灰尘为止。到了春秋佳日，如临大宾似的拿了鸡毛掸子在书房里祭拜一番。尘土在空中盘旋舞蹈一会儿以后，如善农河冬天的雪花一样慢慢落在乔伊斯的脸上。这样的“圣物”我家书橱里竟然有两套，真是出人意料！所以我把它排为圣物第一，我很奇怪为什么当时有了一套又去买了一套。

我猜测买了两套还是出于对这本书神性的膜拜。因为越是珍视，就越找不到，找不到时又觉得恐慌，觉得这样一本好书怎么可以不看呢，有一种被孤立感。后来在旧书店发现了，发现这本伟大的经典正跟《母猪产后护理》摞在一起，恨不得一把抓住旧书店的老板掐死他，于是急急忙忙把什么《养花一百问》《摩托车修理》《三十天学好钢笔字》扒到一边，把这套书拿到手里问老板：“多少钱？”老板说：“这可是经典呀！你给二十块钱吧！”这样我们又“请”了一套放在书橱里，后来在书橱顶上的纸箱里又发现了另外一套。心里老想着等什么时候有空我该去读《尤利西斯》了，就这么想着想着，一直到想不起来为止。其实自己也明白永远都不会读这套书，但不甘心就这样放弃掉。摆在书橱里与其说是给人家看的，不如说是给自己看的。这一回翻出来，还是舍不得就这样卖掉。我问师娘说："你要看《尤利西斯》吗？"她说："要看的，你放在那里。等我有空了就来看。""什么时候有空？"然后就是"之乎者也""君子固穷"一些别人听不懂的话了。

喝茶的时候，我们试着将家里永远都不会读的书排了个名，公推《尤利西斯》坐了头把交椅。师娘说怪不得当初莎士比亚书店（Shakespeare & Company）初版乔伊斯的书亏得裤子都没得穿。书印出来以后，西尔维亚给萧伯纳寄了一份书单，萧伯纳很客气地回了一封信说："爱尔兰人怎么会花钱买另外一个爱尔兰人的书呢？"看来这个事情萧伯纳办对了。但对这本"圣书"，那么多人说好自然有它好的道理。师娘这几天从早到晚就跟这个戴夹鼻眼镜的爱尔兰人过不去，看几页就要叽叽咕咕地感叹："乔伊斯，你这个王八蛋在说些什么东西呀？"然后又要找我讨论这本书，弄得我很痛苦。我说："饶了我吧！我不看这些东西，也许我就是那个说皇帝没穿衣服的小孩呢？乔伊斯也许真光着，真没那么伟大，也许老乔就想写长一点骗稿费呢？""讲这种话，也不怕天雷劈你！"

家里排名榜眼的要算是普鲁斯特的《追忆似水年华》。这本书也是出名的经读，每次读到一百页就读不下去了。邓安庆君说读这种书要咬紧牙关往下读，读不下去也要死读。等读了十天半个月以后，那个最困难的平台期过去就好了，身上有一种微麻微痒、悲欣交集要死一样的感觉，哎！他说这样就好了，跑步的人都知道跑着跑着到了这个平台期的时候非常难受，等熬过这个阶段就像飞起来一样，人像在地面上滑翔一样。这种体验很像一种受虐，是不是可以形成一种标准，就是：越伟大的作品就越难读，以阅读的痛苦程度划分伟大程度。阅读痛苦指数越高，作品越伟大。但对于我这种不愿意花钱找罪的人，我就没办法体验伟大的作品。

图尼埃尔说过一句话，我觉得非常有意思，他说一本书出来以后就像一只瘪的蚤子：这只蚤子要去吸读者的血，等它吸到血之后，这本书才可以丰满起来。我现在不惮恶意地想，别人是不是真读了这些作品。他们读了以后谁也不愿意说看不懂，反正钱也花了，时间也花了。这个坑再多掉下去一个人，正好能够掩盖自己的愚蠢。我看毛姆的读书笔记时，看到他说与其读其他无聊的作品还不如读读《追忆似水年华》来得好，大约这本书对于他，就像《红楼梦》对于张爱玲，一“详”[1]，一天云彩都散了。读《追忆》这本书，应该在年轻的时候。那时阅读胃口好，所以说读书也要趁早。先一遍扫到头，然后慢慢清理地堡、暗壕、铁丝网，人家有人家的神话，人家有人家的禁忌，越看问题越多，索性不看了！就像我看乔伊斯的短篇小说中一个老妇人在圣诞节摸到孩子们恶作剧包的湿土，小说就在这个地方完了，后来看解释才明白湿土代表死亡，就这样轻轻一隔，小说的力量便减退了不少。

说到家里排名探花的书，差不多就要算到陈寅恪先生的书

---

1 “详”：张爱玲晚年研究《红楼梦》并写成《红楼梦魇》，书中共收入其七篇研究文章，包括《〈红楼梦〉未完》《〈红楼梦〉插曲之一》《初详〈红楼梦〉》《二详〈红楼梦〉》《三详〈红楼梦〉》《四详〈红楼梦〉》《五详〈红楼梦〉》。

了。说来也奇怪，这套书不仅读书的朋友书橱里常见，连一些做房地产的和私人会所里的书橱也常见。我有一次到苏州去，在雨果书店站着看了陈先生谈狐臭的文章。那个考证严密呀！这样考来考去，归结到最后意思是："后天狐臭能治，先天狐臭治不了。"如果当时书店里不是有个讲座，我都想发声大笑，因为他们都很安静地在讨论一些学术问题。《魏晋南北朝史讲演录》这本书不厚，买了以后很快就看完了。后来我又陆陆续续续订了《金明馆丛稿初编》《金明馆丛稿二编》《隋唐制度渊源略论稿》几种，就有些看不动了。前两年我是看唐姐顶着烈日在看陈寅恪的书，好像有些心得。有时坐在一起喝茶，他就要跟我讨论唐代安史之乱的一些得失，实在可恨！害得我晚上回家还要看《中国历史年代简表》，生怕有了纰漏，他又是那种肚里笑人的人。

近年来唐姐好像走下了神坛，小清新起来，见面就问《倒数第二次恋爱》看了没有？好看极了！一定要看看！千明姐很可爱哦，萌萌哒！他真是那种能大踏步地前进又能大踏步地退却的人。

我现在考虑要不要把这几本读不通的书卖掉。反正放在家里也是占地方，不如流转到有用的人手里。

我现在对书与其说是想读，不如说是贪念。像一个守着三千粉黛自己又性无能的皇上，大臣屡屡进表说不如放宫女们回去跟父母骨肉团聚，自己徘徊在又想放又不想放之间，心里想万一哪天我又重振了雄风呢？

1934 年 9 月 29 日

1934 年 12 月 4 日

1935 年 8 月 16 日

1935年9月20日

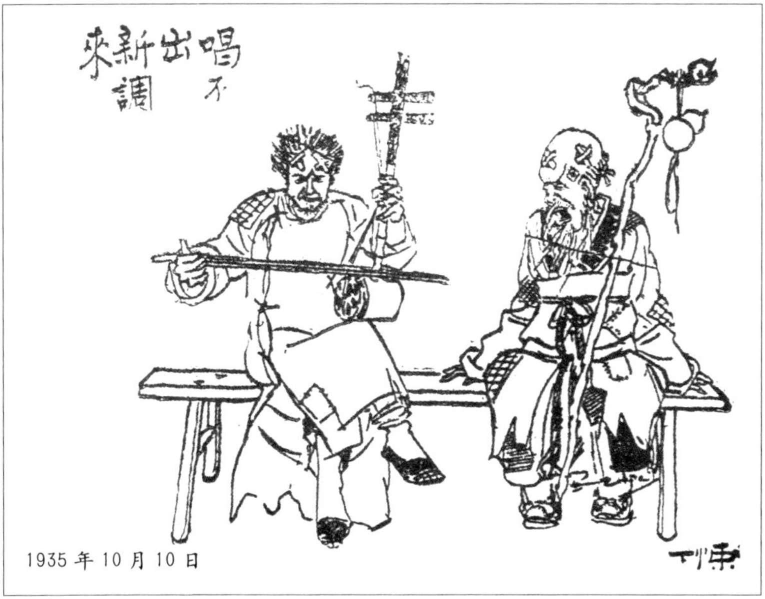
唱不出新調來
1935年10月10日

1936年4月9日

衣锦还乡

脐眼的故事

今天我在《只有医生知道》这本书下面写了一条回复，被沈书枝看见了，她对我说你也写写生孩子的事情吧。她说："我小时候出生也很可怕的！差点死了。不过太凄惨了，我小时候爸爸还跟我说说，长大了他就不愿意面对了。"

其实我出生的时候也很可怕，侥天之幸活了下来。现在我更想明白的是小孩子落地后怎么结扎肚脐眼，这个事情困惑了我很久。夏天去游泳的时候，我注意到一个问题，同样是人，有的人肚脐眼就很漂亮，有的人就非常难看。比如我的肚脐眼，简直丑陋得像一只牛蹄子踩的脚印。现在看了书明白了，咱这个不专业呀！我妈生我的时候，正好在乡下，也没上医院，我上面两个姐姐是在部队医院生的，到我这儿就开始偷工减料了。我妈写信问我爸说要不要住院。我爸当时在部队农场里，天天要领着战士上山采秋茶，就回信说："找前村的孙大奶奶，咱们这一片都是她老人家接的生，手艺好得很呢！"

我妈为了我长得好看，隔个十天半个月吃个炖肘子。我上小学二年级，数数还要扳手指头。家里人笑话说："不识数是猪油蒙了心！"

等到快要生的时候，我奶奶跑去跟孙大奶奶一说，她老人家正在地里剥黄豆。她跑来看看，然后隔着肚皮把我揣揣说："前面不是生了两个闺女嘛，生顺了就不难。等到肚子疼了就来叫我，这几天我都在坡后面剥豆子，上那儿找我去。"

我大概是中午生的，现在问我妈她也记不得了，这为我今后带来了很大麻烦。我妈一直处于无知无识的广场舞的欢乐当中。算命的让我报生辰八字，我就抓瞎。我翻着眼睛说也许是中午十二点钟，也许是下午两点。算命瞎子只好跟我一样挤鼓着眼睛说："这没个准时辰我没法算呀！""这差个把两个小时有那么重要吗，你好歹给算一下嘛。"算命的说："这不好算，这是科学。科学来不得半点虚假，你没听人说鸡叫头遍沈万三，鸡叫二遍穷范丹。"我生气了，不算不算了！人活在世界上如果把所有的未知都剧透了，人还活个什么劲呢。

等到生我那天，我奶奶着急忙慌地跑到山坡后面找孙大奶奶。孙大奶奶头上扎条毛巾正在剥黄豆。她的后背都湿透了，勾画出一架人体骨骼来。我奶奶手搭凉棚，等看清了人就喊起来："那边是孙大奶奶嘛，媳妇要生啦！来一趟吧！"孙大奶奶说："我把这豆秸子捆捆。"我奶奶上去一把拉住她说："来不及了，人疼得嗷嗷叫。"说完把孙大奶奶一把拉着就跑，孙大奶奶说："你总得容我洗把手吧！"两个人从坡上走下来，沟里面有水。孙大奶奶把水上的浮萍拨开，抄水把手洗了，一边洗一边说："这都生了两个了，熟门熟路的急什么？"经过孙大奶奶她们村，她挣开我奶奶手一溜烟跑了，一边跑一边说："我回去讨把剪刀，你先走我一会儿就来。"我奶奶急得没办法，只好跟着她一道跑。两个老太太跑得脚不沾地，撵得鸡飞狗跳的。

孙大奶奶在窗台上找到一把剪刀，我奶奶站在院子里直催她："快着点吧！"孙大奶奶说："剪子要拿火烧一下。"至于后来剪刀烧了没有，我一直也没弄清楚。我奶奶说是拿烧酒喷的，这个且不管它了。反正两个老太太又跑，总算是没晚点，赶上了给我剪彩的仪式，孙大奶奶还埋怨说："你看看，让我把豆子捆了能耽误多少时间。呵呵！还是个带把的，你们老高家有后了。你看看，这孩子长得多俊。哎哟，哎哟！"孙大奶奶的剪刀逢年过节要铰窗花，平常要剪鞋样子，早磨损得不成样子了，两边都咬合不到一块儿来，结果就把我肚脐眼给铰成这样了。但你也不能怨人家不是，连收生带洗三，总共报酬是五个鸡蛋和两斤红糖。洗三的时候，孙大奶奶把我从盆里捞出来时嘴里还不闲着，她念叨着："先洗头，做王侯；后洗蛋，做知县。"洗完了还要把我托付给床公床母，让他们两口子好生照应着，碰了摔了，孙大奶奶是不能轻饶的。

现在我是看了这本书才知道自己是走了何等样的大运。孙大奶奶就这样随便用剪刀一铰，我没得破伤风，肚脐眼也没有发炎，全须全尾地活了下来，这比做王侯、知县还要走运呀！等到生我儿子的时候，医生是用一个什么东西把脐带一扎，到了时候，这个脐带就会自然脱落下来。书上说外国剪脐带有个专用的夹子，好几百块钱一把。甭管是谁，用这种夹子夹完了保险出来一个漂漂亮亮的肚脐眼。在这个地方我高举双手赞成用这种夹子。列位看官你们是不知道肚脐不好看的难处，到洗澡堂或者游泳池里，肚脐眼不好看，遇上熟人或者异性，只好把肚脐眼朝向池壁，生怕让别人看见了。洋人在这方面注意得早，比如《圣经·雅歌》曾经写道："你的肚脐如圆杯，不缺调和的酒。你的腰如一堆麦子，周围有百合花。"

所以我想生个孩子，万儿八千都花了，这最后一夹子是万万不能省。书上说协和医院用消毒气门芯来扎，一米的气门芯能扎好几百个孩子。消毒气门芯本地叫作小肠皮，套在自行车气门芯上。这个玩意儿很便宜，一块钱能买很长一段。拿这个扎肚脐眼要求医生的手要巧，如果手艺不好差不多也扎出个跟牛蹼似的肚脐眼就坏事了。在这个方面我想，能有多标准，就有多标准，要向西方看齐！

我的同桌

前几天晚上快到十点钟了，一个很久没有联系的同学打电话给我，说明天中午一起聚一聚。我说没有时间，我潜意识里觉得他大约又有什么事情要向我炫耀一下了。这人第一次买BP机，第一次买手机，一定要给我看，第一次买车也要巴巴开来给我看，第一次买房也要请我去看看。难不成这回买了飞机或者游艇了？我说明天我有点事，要去参加一个画展的开幕式。他说我开车到现场去接你，一定要来，不是就我一个同桌，还有一个也跟你坐过一个位子。我问是谁，他说你来了就知道了。第二天早晨八点来钟他就打电话，我说正在刷牙。他笑了笑说："那我等一会再打给你，我提前打是怕你记不得。人家说贵人多忘，你现在是画家了。抽空给我办公室画张画。"我说："贵个屁！画画给钱，每平尺四千，友情价。"他在电话里说："文人哎，张口闭口就提钱，俗！"

我这个同学初三时候跟我同桌，家是街道上的。我去过他家几次，他们家住在一个老木材市场旁边的巷子里。靠着他家门的左侧是一间公共厕所，早晨倒马桶的、解大手的人在外面排长队。这条巷子外面是一片河滩地，淤得有一人多深，上面有些破菜坛子和芦苇。到了下大雨的时候，大水冲了公厕，黄色的粪水就从公厕里面蜿蜒地涌出来流向河里。

后来随着人口增加，这个地方又盖上了房子，先是拿油毛毡临时搭盖一下，把家里用不着的东西放在里面。慢慢孩子大了，就弄点砖石水泥正式盖几间屋住起来。这些房子堵住了巷子里的排水道，一到下大雨，这个地方老淹。老城区就数这个地方地势低，成为众水汇聚的地方，多绿头苍蝇和长脚花蚊子。有年夏天发大水，我跟他坐在一个大木箱子上聊天。晚上天晴了，繁星点点。水涨一寸，我们就拖着箱子往后挪一寸。我们身边到处都是搬东西的人，在水里哗啦哗啦地走来走去。其实在这个穷巷里能有什么好搬的，无非是五斗橱、小炕桌、几件衣服、碗、钢精锅，有的人手里还抄着几把大勺在跑。还有的人划着船到外面捞浮财。船是从公园漂过来的，捞浮财的人把船用绳子系在腰上，在水中蹚，看到值点钱的东西就往船上一扔。我俩在路上遇到一个同学，他家有辆三轮车，他就把那只宝贵的木箱子拉到我们家来了。

后来水退了，这里的墙壁上都留着水印子。他到我家来拿箱子。他把锁头开开，一件一件往外晾，跟玩古彩戏法似的。里面是他家的衣服和被子，有几床凤穿牡丹绸被面子，还有几条劳动布的裤子和翻毛皮鞋。他把这些东西就放在我们家阳台外面的栏杆上晒，栏杆上面挂的是我家晾晒的衣服。我们家衣服主要穿我爸发的军装，比如他的战友来了看我们家一大窝孩子，肯定布票不够用的，就把身上穿的大衣留下来。我爸有个战友还送了我条裤子，这裤子太肥了，里面简直能装两个我。他让我换上，然后让我用手拽着。他自己看了看说：“裁开，你跟你弟弟一人一条。”

那阵子很流行穿军装，两个口袋是士兵服，四个口袋是干部服。班上有几个爱美的同学老找我换衣服穿，他们都比我穿得好看。他们拿开水装在搪瓷缸里烫衣服，每天穿得平平整整地到学校来。后来一个同学借我的衣服，在公园里让人扒了去。为了弥补我的损失，他赔给我两件劳动布工作服，外加一个电工包。我这个同学看着我家晾晒的军装很羡慕，用手捻一捻说：“部队的衣服都是军用的，军用的衣服布料是特制的。”

他跟我在走廊里赞衣服的时候，扁头喊我去看电影，我问他去不去。他说要看着被面，怕人把绸被面偷走了。扁头听了害牙疼似的笑了几声。我就跟扁头骑车去看电影了，到了傍晚才回来。我们家晒在外面的衣服被人偷走了两件，一件上衣，一条裤子。我姐说：“我严重怀疑是你那个同学拿的，他下午来拿箱子，就在外面收他家衣服。临走的时候他喊我说要走了，我叫他喝点水再走，他连门都没进来走了。你的衣服肯定被他收了。”我感到脸上火辣辣的，我说：“我这就到他家问他要去。”我爸说：“回来，你看到他拿了吗？捉贼捉赃，抓奸拿双。你没看到他拿，凭什么到人家去问他要，两件衣服的事情至于吗？如果他以后穿了出来，你都不要言语，不要跟这样的人一块玩就是了。”

这个同学初中毕业就没有念书了，先是跟人学电焊，以后自己又开了家电焊铺子。有几年时兴焊防盗门，他的生意很好。他是我们同学中第一个买BP机的人，买了BP机第二天跑到我家来跟我“烧包”，说话间BP机响了，他掏出来看看说来大业务了，某单位要装十扇大门。后来我听其他同学说，这人好显摆，懒得搭理他，有的时候没人呼他，他自己花钱请人呼。有一次春节同学会，就他一个人的呼机“哔哔”地响，后来有个人问他：“这东西多少钱呀？”他把链子从腰上解下来，扔给问的人：“就这么一个破玩意儿，一千多块。”这个人把BP机托在手里掂掂说：“科学！还是中文汉显。”

BP机时兴没两年，大哥大就出来了。经常在街上走着走着，饭店里跑出来一个红头涨脸的人，这个人像找不到鸡笼的老母鸡一样到处转，手里还抱着一个巨大的“手机”，一会儿蹲着一会儿站着，如果看到有墙能爬上去，他一定会爬到墙上。有一天晚上，他抱着这样一个稀奇的东西又到我家来了。所以他打电话给我，完全可以认定他又有了什么稀奇的宝贝要炫耀了。我有这种思想准备。

晚上我花了点时间想他会有什么东西向我炫耀的，房子、车子都不是什么稀奇的东西了。到了我们这个岁数，大部分同学都有了。游艇和飞机？我摇了摇头，他生意这几年是做得不错，但一年撑死也就挣个七八十万，如何能负担起那么奢华的开销。有一次春节他给我打电话，我问他现在做什么，他说在做高科技。我说你二十六个字母都认不全的人如何料理得高科技？他说我不要懂，我手下有人懂就行了。

那天中午去了两个同学。其中有一个也跟我同桌过，在学校的时候成绩也是超烂。上年级留级到我们班来的，他是跟他老婆一道来的。他老婆问我：“哎，老高，我听人说他是留级生留到你们班来的？”我说：“不是，是挂职到我们班来的。”他很不好意思地说：“你这个鸟人，还是那么刻毒！”因为很长时间没有联系了，气氛不太热烈。我讨厌同学会的原因就在这里，见了面不知道说什么好。男的一般炫自己如何了得，女的炫嫁的老公如何了得，总归就是无聊、无趣。临走的时候互相拉手留电话的留电话，拍胸口的拍胸口。男的接个电话马上武声大气起来，说：“那个事情我不是跟你说了吗，你去处理一下就行了。这点屁大事情请示个什么，你自己拿主意就行了。”如果是公务员你问他现在混得怎么样，都是谄肩带笑道：“搞搞后勤，跟领导跑跑腿。”眉宇间隐然有一种傲岸之色扑面而来，这种人在酒过三巡菜过五味之后，必定要成为宴席的主角。

女的一般见了面先是惊呼一声，随后抱成一团，然后都夸对方年轻，称对方“小狐狸精”。这个说上次在街上遇到你跟你闺女，不知道的还以为是姐妹两个。那个说不行喽，你才年轻呢！保养得这么好。你看你现在，多称心啊，儿子上大学了，老公现在升到正科了吧？那个马上谦虚说，他也就是一个小跑腿的，就几个死工资，不像你们家老周做生意，你看看你现在周身名牌，不是Hermès就是Burberry，我要是买件Burberry要省吃俭用一年了。这个就说：“哭穷！又没有人问你借钱。”其实一打眼就看见了，小科长的太太也是周身名牌，风头不在周太太之下。互相拍完之后，情绪酝酿差不多了，就是自夸。

科长太太不显山不露水说某某现在已然是副处了，烦！天天忙，也不知道忙什么，家跟旅馆一样。孩子他可管过。他们家事情还多，就他那几个弟弟妹妹能把人烦死，把他这个屁大点小官看得跟总理似的，有的没的找点神给他烦！那个说，我们家老周还不是一样，天天跟他那些做生意的狐朋狗友一道，不是喝酒就是打牌。他们家农村人还多，当我们钞票大风刮来的一样，平常一年到头看不到人，一来张嘴就借钱。副处长太太看她一眼道：“谁叫你们有呢？”她看着眉飞色舞的老周，又说道：“男人有钱就学坏，你就知足吧。你们家老周天天回家睡就不错啦，你可要当心，现在小姑娘不知道多会来事。当心把你们家老周给抢走了。”那个把嘴撇撇说：“抢走我倒省心了。房子、票子归我，我带儿子一个人过，看着好的比武招亲再招一个，稀罕他呢？”最后做总结无非是“男人没有一个好东西”。

发现我在打量她们，周太太说：“老高没见过美女呀，怎么像要吃人似的。”然后又咭咭咕咕笑成一团，怪不得《围城》里汪处厚说：“鸡鸭多的地方粪多，女人多的地方话多。”

我中午去的时候，他们几个早到了，在餐厅一角的小桌子上玩“掼蛋”。我那个同桌说：“收了吧，人齐了，开喝！”那几个人捉贼似的一个劲儿往我手中塞酒杯，我说：“我不能喝酒，下午要开车。”他们说：“谁不要开车，就偏你有车。”我说：“这样，我一瓶啤酒，嘴上火了实在不能喝酒，如果不同意，我连啤酒都不喝了。”他们听我说得郑重，就说：“现在就三瓶，老高不喝。我们三个人一人一瓶。”我在旁边插嘴说：“能喝多少喝多少，喝多了身体受不了。”他们三个一齐指我：“你不喝没有话语权，要讲话，先干一大杯。”我说：“我不讲话，我吃菜行了吧！”

他们喝得热烈的时候，我借口尿尿跑到外面大厅坐了一会儿。这时一条胖胖的手臂从我脖子上绕上来，我一回头原来是我那个同桌，浑身酒气熏天。我说：“搞多了吧？在这边坐坐。”他打了个酒嗝说：“我没多，我出来透透气。我们弟兄有好几年没见了吧？你也老不打电话给我，现在怎么样？”我说：“混穷呗！听‘蔡包子’说你买了一层写字楼？”他说：“是的，‘蔡包子’他们几个到我那里去过。你看就你不关心我，还同桌呢。”说完浑身摸，我问他找什么东西，他说找烟。后来挥挥手把服务员找过来，摸出一张一百的递给他说：“去，给我拿包烟来。”

烟拿来，我俩点上。坐在那里半天想不起来要说什么，我想了半天就问他太太可好。他老婆姓马，是个小胖子，胖到手指头上的肉一节一节鼓出来像藕节一样，行动却有那么一种溜刷劲儿。我在同学会上见过，不爱搭理人，穿一件貂皮大衣，脸埋在领子里，目无下尘的样子。他弹了弹手中的烟灰说：“她，她能怎样？没心没肺地长肉呗。现在跟着一帮老太太跳广场舞。妈的！怎么越跳越胖。”我说：“胖点好，老板太太胖点有福相。”他忽然诡秘地一笑，往我身边挪了挪，贴在我耳朵旁边说：“不瞒你说，现在外面我包养了三个大学生。”我直起身子，离他远了一点：“你身体真好！”他又凑近了一点，掏出土豪金 iPhone5s 翻里面的照片给我看，都是很年轻的姑娘，偎在他的胖胳膊里，笑得跟花一样。他一个劲儿问我：“怎么样？两个大学生一个研究生，我供她们上学。”我说：“想不到你还有这等善心，木头眼镜看不透。”他说：“哎，权当是扶贫。遇到了怎么办，能帮一把帮一把！”

我问他：“你为什么要包养大学生，是不是自己文化低，包她们觉得把知识给睡了？”他笑得狂咳起来，半天直不起腰，我在后面用暗劲给他擂了几下，但愿把他的肺给擂出来。他说：“一个人三四千块钱。我帮她们租房子、买衣服，顶天一个月五千来块钱，我打个麻将一个月也要花一两万。你看那个考研的小姑娘，我还要帮她找关系，以后找工作可能还要花点。那个姑娘有个男朋友，家里是农村的，也在上大学，他能把自己养活住了就不错了。小姑娘都有点虚荣心，想吃点好的穿点好的，你看让我这样一个好心人遇上，我不成全成全行吗？”我说：“你别不要脸了，这也就是一个生意。你这样说好像有多大善心似的，你不睡她们吗？”他抖着脚说：“睡是睡，但她们自己不还是有人身自由呀？她们跟男朋友交往我也没反对过。”

啊，我明白了。他终究还要跟我炫耀点什么东西，这次请我来的主要目的是想炫他包养了三个小姑娘。我看着他大胖脸上垂下的眼袋说："艳福不浅啊，保重身体要紧！"他说："保重！保重！立冬以后什么鹿角膏、阿胶、枸杞都没断过。医家不是说嘛，冬令进补，上山打虎。"后来我找了个借口搭另外一个同学的车走了，留下"打虎英雄"跟几个酒鬼在那里一直喝到吃晚饭。

肉票

前几天我看到周纳谈到吃肉的问题，她说北京、上海在计划经济年代有一段时间是不要肉票的，肉敞开了吃。这个事情我好像也在一些文献中看到过，文中说当时东北人出差到北京去就大量地买食，怕肉在路上捂坏，就用一个钩子把肉挂在车窗的外面。回东北的每节绿皮车的车窗外面都挂着几刀冻得梆硬[1]的肉，情景很怪异！就像有许多肉腾云驾雾向着北方疾跑。蒸汽机头在冻雪覆盖的原野长鸣，白色的蒸汽在空气中消散，火车浑身挂满肉，伴随着车轮和轨道撞击时发出的有节奏的轰鸣。一想到这个情景我就激动，觉得难以自持！这情境特有诗意，特伟大，特性感！

其实周纳要研究北京、上海吃肉这个问题并不难，可以先考证一下那个意大利导演是什么时候来的，那会儿是凭票供应

---

1 梆硬：口语状态词，形容极坚硬。

还是敞开了吃肉，是满面红光还是脸带菜色，这个事情就迎刃而解了。我有一个朋友吃斋念佛，两个月就面带菜色了。相对于这些大城市，我们小城市是分好几类供应的，这里一直是要票的。我在城里和乡下都待过，对于猪肉的供应问题还是有一点发言权的。

现在在乡下，每家正房的旁边都有个小猪圈，有的是土坯盖的，上面盖瓦，有的是石头筑的，但大都是空着的。现在乡下差不多没有人家养猪了，养猪划不来！闲置的猪圈里面放着些杂物，尿桶、锄头、钉耙、打农药的喷壶。村里的年轻人全出去打工了，留在家里都是些老弱病残孕。村里人不想养猪，也没有精力养猪。养头猪不容易，人吃三顿，猪也要吃三顿。人少吃一顿，顶多埋怨几句，猪不吃可不行，它一饿叫起来没完，嗷嗷的，还拿头拱门，拱得咣当咣当地响，火大的时候能把圈门给拱塌了。家里养猪就要专人伺候它，早晨把猪从圈里放出来，挑一个屎筐子跟在后面。筐里有柄屎勺子，猪走着走着，双腿叉开，在路上来一泡，赶紧用屎勺子钩到筐子里，不然就被别人抢走了。肥送到自己家的肥堆上，沤起来，然后上到自留地里。公田没有人管，公田里的庄稼都长得清奇古怪的。把猪赶出来不是让它练身体，而是让它在田埂上找点野菜吃吃，为家里省点饲料。猪吃的皮糠也是要票的。但也不能让它累着，怕累瘦了，掉膘。养大了，可不敢私宰，私宰犯法，北京、上海人要吃呢。猪就这样坐上汽车然后转乘火车，直奔一类城市去了。

乡下人把猪养大了送到生猪收购站，按照毛猪多少钱一斤卖了。生猪收购站付了钱之后，再给农户一定量的票，比如肉多少斤，花油多少斤，板油多少斤。反正都是考虑到不让你患上“三高”的定量，还能提醒你世界上有肉这回事。乡下人要吃肉，到公社的食品组去买。食品组遇到赶集的时候杀一口猪，没猪的时候就不杀。有几只绿头苍蝇叮在案板上，几条瘦狗为莫须有的肉咬起架来。卖肉的在屋檐下面的阴影里睡觉，肚子一起一伏的。苍蝇叮在他的油嘴上，他就用手挠几下，然后哼叽几声，翻个身继续睡。不怕你们笑话，我小的时候理想就是当个公社食品组卖肉的，到现在也没得逞，因为食品组没有了。

乡下想看胖子想得受不了的时候，就到两个地方去看，一个是食品组，一个是公社食堂大师傅。公社食堂不让进，食品组是看胖子最可靠的地方，保证每次去都不会失望。后来我到城里来，我家当时是每个星期吃一次肉，也没别的花样，就是红烧肉里面放大量的马铃薯块。全家的孩子排队，鱼贯而行。来到桌子旁边，我爸给每人一大勺，如同索马里受灾的灾民领救济一样。捧着碗高低错落地猛吃，一片碗筷和咀嚼声，跟蝗虫似的，我爸一听这声音就犯愁。

当时卖肉是非常体面的工作，跟干皇差似的。肉票印得不大讲究，是一种粉红色的蜡光纸，上面画了头猪，这代表是猪肉票。把票和钱交了以后，就聚精会神地看割肉师傅的刀了。割肉师傅知道大家都在看他，又不慌着割，把烟抽到烟屁股头了，用个手指头掐着。妈的！五饼二鱼怎么个分法。他比耶稣还为难，为什么呢？大家都想要点肥的，不住地把香烟往他手里递，他身上分叉的地方都夹上烟了。

我们那个时候孩子没有爱吃瘦肉的，就爱吃肥的，最好是五花三层，一咬顺眼流油。肠子是枯的，就像久旱的田地，几滴雨水下来，立刻就被龟裂的大地吸个精光。我们盯着割肉人的刀，看他刀的走向。如果割到一条五花三层的，就暗叫："惭愧，祖宗积德啊！"瘦的就嗒然若丧拎回去。卖肉的师傅会拿刀把肉戳个洞，拿稻草一穿，结个圈，使你好拎着走。一路上愁眉不展，没有油！这让人怎么个烧法？有了肥肉可以先切成块在锅里炼油。把油炼出来后，多的装起来，变成油冻，烧白菜、萝卜起锅的时候，放上一勺，全家吃得眉开眼笑。我有一个同学馋狠了，有一回他妈买了肉回来，准备晚上下班回来烧的，他和他弟弟在家里，把肉切成条状，塞进开水瓶里闷熟了，然后倒出来咔叽咔叽给吃了。他爸妈晚上回来，气个倒仰，差点把这两个偷肉吃的孩子打升天了。

美女那会儿都喜欢嫁食堂大师傅。有好多女教师、女公务员饿急了也一狠心嫁了大师傅，后来吃的不那么紧张了，又吵着离婚。六零年的时候太多美女想嫁大师傅，食堂大师傅都不够用了！你想啊，在一个普遍有气无力面黄肌瘦的时代，一个食堂大师傅满面红光，挺着肚子，走得波翻浪涌的，是何等的有吸引力。许多大师傅对人宣称："胖子不是吃的，我们是熏的！"你还真信他说的。住我们家附近的老刘就在单位食堂当大师傅，他说："厨子不偷，五谷不收。"他有各种办法从食堂偷回肉来，给一家老婆孩子开荤。所以他们家小孩子的嘴上常常有光泽，长得也胖大不少，打架的时候老把我压在下面。他偷得非常巧妙，身体的各个部位都能藏各种食物。有一次竟然就在众人眼皮底下，把一盆熬好的猪油偷回家了，真是匪夷所思。到今天我也没弄清楚他是怎么做到的。

为什么要拐卖妇女

最近微信朋友圈正口诛笔伐河南姑娘郜燕敏被人贩子贩到河北，受尽了折磨，死过好几回没死成，最后落根在当地，还做了一名民办教师。这是一个非常悲惨的人生，没想到还拍成了电影，名字叫《嫁给大山的女人》，结果这部电影被骂得跟筛子似的。这个反应可能有点出乎电影编导的意料之外。我估计这个编导岁数可能比我老人家还要大，没有号准时代的脉，弄了这样一部电影，结果连列祖列宗都被人家问候到了。

这个事情为什么会有这么大动静呢？第一，说明大家对拐卖妇女儿童这个现象非常痛恨，道德感都很强。第二，这都二十一世纪了，还在拐卖妇女儿童？这让大家有一种回到部落社会的感觉。很多城里长大的“90后”，甚至有些不谙世事的“80后”他们会想，我靠！这个犯罪分子为什么不抓来斩立决，还让他们活得好好的？老的被他们拍这种电影给惊到了，是没想到道在屎溺，这样悲惨的故事，你们竟然能化腐朽为神奇，真是把宝宝给惊呆了。小一辈的这次被惊到，明白一件事情：城市之外还有个农村，那里女孩子除了能望见家门口大树头的地方，走远一点你可能会被人拐走。

我老家卖买人口比较厉害的时候是二十世纪九十年代。经过八十年代改革开放，第一轮的联产承包责任制之后，农村里勤快的、脑子比较灵活的家庭的房子都盖起来了。家里到了婚育年龄的长子就要娶媳妇，然后传宗接代，开枝散叶。我们当地选择婚姻的对象范围比较广，只要出了五服之外的女的，只要年龄相当都是谈婚论嫁的目标。

那时农村人口流动性很差，就有一些媒婆、媒公这样的人左右着婚姻市场。比如说谁家儿子不小了，家里急着要给他说亲了，谁家女儿初中毕业了，家里经济比较困难的，如果能嫁出来，立刻能得一笔聘礼。他们脑子里全装着这些东西，跟一部小电脑似的。要提亲的也托人去找他们，他们有时也去找客户。大家觉得条件可以接受，事情就这样定下来。到了秋天油菜种下去后，地里农活不多的时候，就带上女方所有长辈姻亲先去“瞧家”。

“瞧家”是一种仪式，也是估量男方家里的家底厚薄，试探男方家里财力以及对婚姻的诚意如何，这时候所有女方家一切乖张行为男方家都要照单全收。有些开明的人家会带上女孩子一起去看，有些意见还要跟她商量，那个女孩就捏着衣服角红着脸扭来扭去。如果第一步“瞧家”没有什么意见，第二步才是“放定”。

在放定之前，丑话讲在前头，结婚之后债务怎么分割，男方家里要提供什么样的房子，该给女方家里多少聘礼都要明确下来。“放定”之后要请客，男女客都要请。在嫁之前四时八节，男方家都要礼数到门。像端午、中秋要买多少肉、多少糖、布料、香烟、酒，等等，都有具体而繁缛的规定。

长子一场婚礼下来，家里基本上是被罗掘一空了。大家都说搞不起了，但说归说，事情还要照事情做，不能眼看着家里断了香火。我们老家认为人生最悲惨的事情莫过于清明祖坟山没人祭祀，这叫“焦尾巴梢子”，骂人家焦尾巴梢子，那就是最戳心窝的话。所以家里有男丁的无论是借也好，甚至极端到偷也可以，必须为儿子娶一门亲。只有娶了亲之后，这个家庭才会赢得村里人的尊重。否则无论做多大功业，人家提到都会一脸不屑地说：“你别看他吹得厉害，儿子还是个光蛋。”光蛋就是广东话说人“寡佬”，这个人立刻就瘪掉了。

我们村上有个小伙子很早就考上大学，他们家当时成为村里人羡慕的对象。但当这个人过了二十八岁还没结婚时，他在村里人的眼中身价立刻就掉了下来。人家对他的评论是：“没有本事，连老婆也找不到。”可以说乡村里最大的事情就是娶妻生子，所有的一切都围绕着这个事情展开。一般家庭长男娶了媳妇之后，要经过很长时间才能缓过劲儿来给老二或者老三娶媳妇。而老二跟老三往往会在将举家财力给谁先娶媳妇上产生矛盾，甚至毁坏劳动工具，消极怠工等。解决这些事情都是很伤脑筋的。虽然他本人并不是非常想娶媳妇，甚至他觉得单身也不错，但在村庄这个生态里就不行。人群中说一句话，人家会说你婚都没结，还是小孩，大人说话，你小孩插什么嘴？于是他只好很沮丧地走开了。在村庄里一个光棍不仅要承受来自自身的性压力，还有村人的嘲笑与排斥，会整日被一种深重失败感笼罩着。我一个远房亲戚自从被一个“放鹰”的女人骗了之后，十几年不见天日。他晚上到地里干活，晚上烧饭。一切活动都在夜里进行，以避免跟村里人打交道。村里人都说他没有娶到老婆疯掉了。

在婚姻财富重新聚集的过程中，这个家庭不能出现任何风险，比如人生病了，房子倒了，或者不小心让驴给踢了，这些统统不能。一旦出现这种情况，原定的计划就要无限期地延长。因为你在本乡本土，你家的经济情况是没有办法隐瞒的。所谓“知根知底”就是指这样的一种情况。媒人和乡村里的婚姻资源，就“集体”对这家无视了。但如果这家有女孩子，也大致进入婚嫁年龄。可能通过一种办法“换亲”来解决。就是甲方家有一个男孩和一个女孩。乙方家里也有一个男孩和女孩，双方家长可以坐到一起商量通过“换亲”这种低成本方式解决子女的婚姻大事。

我们村出现过这样一种情况。有一户人家他们家两男两女，两男一女年龄差距很小，脚跟脚进入婚嫁的年龄了。

离我们村十几里路有一户人家，他们家是一女一男。这两家就开始接触，看看能不能通过“换亲”这种方式解决婚姻大事。对方家里女儿看到我们村那家的老大，非常抗拒，但是又拗不过家里，只好答应下来。结果她在新婚之夜，心生一计，趁着老大被人灌多不能行房之际，她跑到老二屋里去过了一夜。事情既然发生了，那就只好默认下来。反正那会儿都是先办事后扯证，对于双方家庭没有什么损失，但对于老大这个打击就比较大了。最后老大选择给江西人招亲，就是去当上门女婿。招亲在我们当地是被视为最丢面子的一种婚姻方式。老大被招亲之后，我有近二十年没有看到他。前几年有一次过春节我在乡下遇到他，已经完全是一副小老头的样子了。

如果连换亲都换不到的话，家里长辈就要考虑出去“买”一个媳妇。离我们村五六里公路旁边不定期有个婚姻卖场，村里人都知道。但大家都认为这是个天经地义的事情，一手交钱一手交人。这有什么不对吗？就是说法律不允许，但法律大得过乡村社会的人情道德吗？我们那里“道德”这个词用得非常活，只有本地人才能领会。比如说某某人不讲道德，还含有一种他不遵守乡间的约定俗成的“习惯法”。乡干部和派出所的警员一般都是当地人，甚至叙一下都沾着这样那样的亲戚关系。他们都相信这样一个道理叫“宁拆一座庙，不破一家亲”，也就睁一只眼闭一只眼，装作没看到，甚至喜帖送到，还要随一份喜钱的也有。

买人的不大关心这个女孩子是从什么地方来的，他们认为娘家离得越远越好。我们当地有一句顺口溜叫：“买不到凤凰买飞马，娶不到媳妇娶老侉。”我们老家那个地方水利条件比较好，山地水田都有。两个人只要不懒，温饱是没有问题的。起初人贩子大部分从北方带女孩子过来，就是拿这个基本温饱当诱饵。他在中间拿个差价，还有男方家的谢仪！有的是经过女方家长同意的，比如那边遭了灾，家里不好过，想给孩子找个好一点的出路，就跟这些人说让他们给留点心，看看能不能在稍微好点的地方找个人家。等双方把价钱商量好了，女方家里拿了钱让人把她带过来就行了。等结了婚生了孩子后，两面家庭才开始走动起来。有一部电影叫《牧马人》，跟这个情形有点像。原住人的人口承载量已经达到极限，或者因为天灾人祸没办法养活这么多人口，就需要流动出去一部分人口减轻这个地方的生存压力。

因为有这样的供需双方，便产生了一种专业的人贩子队伍。媒人干媒人的活，人贩子干人贩子的活。随着北方那边生活水平高了之后，那边女孩子来源也减少了。这个时候就有一些来路不明女子被带到当地，具体什么地方来村里人也没兴趣打听。只是说某某家儿子买了个人，晚上叫去喝喜酒。新娘被几个壮妇看在屋里，只等着吃完饭洞房花烛。我在一篇文章《放鹰》中写过这种情况。一般是当天买，当天成亲，等于与时间赛跑。一个媳妇娶回来，先不能让她做地里活，等于买回一个母本。如果母本跑了，一切努力都打水漂了。这个事情不是他一家一户的事情，是全村人的事情。这个女的等于掉到人民群众的“汪洋大海”中去了，而且是这样一伙又穷又生殖崇拜的“汪洋大海”。只有等到这个女的生了孩子之后，“大海”才会放松警惕。

他们会利用“母爱”这个弱点留住这个女人。在此之前，这个女的一举一动都会被村里的人监视着。她会比《为奴十二年》中那个黑奴还惨，没有人会帮她通风报信的。上世纪九十年代乡村里电话又不普及，再说了，就算有电话谁家肯借给你。如果借给你，那个女孩子被解救走了，借电话那家还要不要在村里活了？人家会说他们家拆散了某某一家人，就会躺在他们家打滚放赖要人，就算解救成功了，女方愿意回娘家生活，娘家还愿意接纳吗？孩子怎么办？她一个女的带着孩子怎么生活下去？都是很麻烦的事情。

我听我堂弟描绘过这个婚姻市场。他说三轮车一车拉来，然后都在屋里坐着。买主来了说大致有个什么要求，比如个头、长相、文化水平。高中毕业要比初中毕业加两千多块，谁说知识没有用？人贩子听完之后从屋里喊一个人出来。一手交钱一手交人，临别时候人贩子特别叮嘱道：“回家看紧了，跑了我可不管。等养‘家’了就好了。”我小的时候有个发小就买了一个四川的女孩子，花了好几万。在他家过了几年，也没生孩子。

乡村里娶不到媳妇的男的除了穷，最致命的毛病还有一个，懒。我这个发小不仅懒，还喜欢喝酒，喝了酒就开始揍她，打得她满地滚。后来有一次，那个女的说要回娘家看看，他就陪着去。到了县城里，人家把他甩掉，自己走了。他照着那个女的说的地址去找，根本就没那个村庄，就只好回来了。前两年我回乡下，在庙里遇到他。他给庙里送了一车西瓜。他请我吃瓜，我问他：“后来也没找到吗？”他说：“别提了，一个人过快活！反正现在人家也不能说我没娶过媳妇。”现在我们当地那些被拐卖过来的妇女，孩子差不多都能出去打工了。

这种买卖婚姻的市场在我们当地差不多已经绝迹了。最主要的原因是村庄的消亡，原先几百人口的村子，现在差不多常住人口能有几十口就不错了。村小早就关门了，初中已迁至镇上，高中只有到县里去上了。村子里脑子稍微活泛一点的人都出去了，拿我叔叔的话讲，只要不呆不傻都出去了。大部分出去的人在建筑工地上干，大工一天能挣好几百。他们把家搬到城里，乡下房子也就逢年过节才回来住一下。有的人懒得打扫，干脆就在亲戚家里凑合一下。这完全是走亲戚的一种方式，他们的子女基本上没有买卖婚姻这种情况。

去年春节过后，我看到许多小一辈的孩子从城里回乡下过年，很多把在外面谈的女朋友带回家。男孩带着女孩在冬天结冰的河面扔石头，遇到我打招呼。后来他介绍说他们是单位同事，邻县的，在上海上班时认识的。我问他们今后还回不回来，因为我知道这个男孩的父亲给他在乡下盖了很好的一幢楼房。他说没有打算回来，我们打算贷款在上海附近的昆山买个房子结婚，今后就在那边生活了，不打算回来了！也有一些在网上认识的，两个人在外面结婚，家里一些至亲去参加婚礼之后，回来带些烟、糖在村里散散，说是某某在外面成亲了就完事了。

现在一些村里大龄没有结婚的都是个人眼光高，或者在外面受过高等教育。一般在外面务工经商的，都结了离、离了结好几回了。春节前是乡里民政干事最忙的那几天，来离婚的人不绝于途。村里经常说某某媳妇在外面打工，心打野掉了，现在在外面有了相好的，不要脸。这个被骂作不要脸的女人，照样意气昂昂地去离婚，谁也不能拿她怎么样。老一辈的都摇头：世道不一样了！这要在过去，开祠堂不把你沉塘算你厉害。

所以说解决农村拐卖妇女这个事情，最终要靠农业社会的瓦解，消灭掉农民这个阶层才能最终解决。现在城里也有许多光棍，包括我的身边还有这样积年的寡佬。他们也常常在一起畅想什么时候到北朝鲜、越南买个老婆，但没有一个人付诸行动，可能他们想在城市的家里藏一个大活人这个难度太大了吧！

我那些和尚亲戚

每个地方出一个行业的人。在我老家的西边出木匠，河对面原来出挑码头的，我们当地出瓦匠，往南出挑牙虫的。男的做篾匠，女的挑牙虫。挑牙虫的纯属骗人，当地的中年妇女农忙结束后，就成群结队地外出，走乡串户帮人挑牙虫。过去乡村里没有牙医，牙齿疼起来，正要命的工夫，听到一个老媪悠悠吟唱着“挑牙虫哎——挑牙虫哎！”马上觉得牙好多了，请进来，任由她们在嘴里东挑西拣。一袋烟的工夫，牙虫挑出来了，然后放在一块儿小玻璃片上，只只蠕动，活的！立时感觉牙不疼了。隔一段时间再疼，再挑。等到牙疼得受不住，到医院去看，大半的牙都不行了。于是一颗一颗地拔，只留几个好的做门面，说话嗞嗞地漏风，抽烟的时候关不住烟，从嘴角分两线乱冒出来。

瓦匠这个活不好干，要不怕高。久雨之后帮人家捡瓦，或者上房苫草。怕高，站在上面一看，头晕，立也立不住，这活就干不了。祖师爷不赏饭吃！干瓦匠先要不怕登高，然后开始拎灰桶，拌合泥沙，往下面抛砖。砖抛好了，再学砌墙。还要学会看线、挂线。师傅也不说，砌不好，甩脸一耳光打过去，打多了，慢慢也就会了，这东西说多了无益。我教人写字也是打，写不对，不说，还是让他写。再写不好，让他手伸出来。小孩子手嫩得像鸡肝一样，哪儿能真打？吓一吓，时间长了，也知道肘不能屈在桌子上，慢慢也拎得起笔来。有些家长心疼孩子，一世也学不好。俗话说："惯子不孝，肥田出瘪稻。"信然！

为什么会一个地方出一个职业呢？这里面细说一下大家就都明白了。比如一个孩子初中毕业在家，想着出去做工，家里人寻思，你舅舅在城里做瓦匠，过年时间来家，洗了手脸，穿上在城里买的光鲜衣服，在乡人眼里也是不同常人。为了面子，自然也买几包好烟敬人，谁不高看一眼？于是请来家里坐地喝酒，慢慢地说带孩子进城里做工。舅舅自然推辞，带个人进城上高上低，万一有闪失，脱不了干系，高呼不要。但是挡不了妹妹坐在灶间一边烧火一边拿衣角揩眼泪。加之酒又喝高了，便拍了胸脯，拍了就甩不掉了。过完年孩子就要随着舅舅走。

有一年我回家乡，见到一个儿时的玩伴从城里回来，烧包得不得了。买了黑礼帽，还有文明棍，拄了在村里乱走。见人就抬抬礼帽点一点头，脸上还架一副平光眼镜，跟假洋鬼子差不多，吓得他身前身后的鸡乱跑。我二婶骂二宝子："你别把我家生蛋鸡的蛋给吓回去了。"

一个地方兴一个职业，大多数是一个带一个带出来的。家族社会大致如此，比如温州早年做小五金、小百货也是这样兴起来的。

二宝子是我堂弟，他是个异数，做了两年瓦匠，刚能上墙了，也学会吊线、挂线了，忽然不干了，撂下好好的手艺出家当和尚了。因为他受刺激了，而且还不轻。

村里王传福家有个闺女本来说好嫁给他的，聘礼也下了，说好正月结婚的，谁知道女的跟一个走乡收鸡毛的跑了。收鸡毛的是个北方小伙子，灵璧人，能说会道的，长得也高大。他住在镇子上，天天走乡收鸡毛、鸡金皮。他有一只双音口琴，没人的时候就坐在供销社门口吹口琴，吹《红河谷》，吹《卡秋莎》。王传福的姑娘听迷腔了。经常听到她妈站在门口骂她，说鸡要上埘，猪要进圈，这么大的姑娘就知道耍，死不要脸的！王传福姑娘低低地回她妈：“就死不要脸！”然后浅浅一笑，还是听这收鸡毛的吹口琴。某一天夜里，约了暗号，跟人跑了。后来传说是跟这小伙子睡大了肚子，势不得已，不能不跑了。

她是跑了，二宝子就没了老婆，煮熟的鸭子飞了。两家大吵大闹杀人一般，立逼着王家交还聘礼。谁知道聘礼又被王传福的儿子拿给另外一家做了聘礼，一时哪里拿得出。这边二宝家又立逼着要，王传福老汉只好在家上吊，上了几回，被人救下了。他舍不得死，他就要个面子，一看二宝家人多来闹，他就上吊。大家就拼命往下拽，哪能那么容易让他死了，他死了，钱问谁要呢？二宝子爹说二宝子没用，骂他：“你个吃货，你倒是跟我到他家要人啊！没有人，闹不翻他家！”二宝子蹲在地上捧着头，一声不吭，说急了就撂一句："我出去当和尚！我一个人过。"大家本以为是气话，谁知道当天夜里，二宝子带了几个钱就跑了。谁也不知道跑什么地方去了，一去就是五年，杳无音信。

殊不知二宝子上了九华山，真当了和尚，践了自己的誓言。那会儿当和尚的人很少，庙里缺人。住持看二宝子还清秀，就留了他在庙里打杂，也随堂念念经。二宝子本不笨，又肯学，年终也有了分红。加上老住持欢喜他，转年让他做了知客僧，到上海、南京接那些海外香客。那些香客朝山进香之后，另有分赠，一年得钱钞不少。他只是不跟家里联系，默默地做，等做好了，再回来夸耀乡里。五年后，二宝子衣锦荣归。在镇上买了地，盖了五间上下的小楼，朱漆的门面，一楼租给人家做生意，二楼自住。有了钱说媳妇何愁不成，谁家不想着把女儿嫁与宝和尚？上门提亲的怕不是把门槛跑断了呢。休假三个月，买家电，酬客，成亲，一气呵成。喜席办了三十多桌。宝和尚的头皮也长出寸把长的头发，不像个和尚了。女方家人也来看了，说头上没烫戒疤，十分满意，逢人便说："二宝子这样走出去，谁说像个和尚呀！怎么看也像个大学生啊！"

成亲后的二宝子还要重操旧业。瓦匠他一点不想做了，挣不到钱不说，还累个臭死。他还是打算上山当和尚。这一次他上山后面随了本家三个青年，也是说要到庙里当和尚的。都说是诚心善男子，死活要跟着去。这样本乡又出现了一个新的行业——当和尚！二宝子本来在这行应该是非常有前途的。他就不该带这三个本家亲戚出家，这几个坏货，在山上见住持有钱，干了半年后，起了歹心。某天夜间，捆了住持，要夺住持的钱财，把住持打个半死，晕倒在禅堂前，气若游丝地哼哼。最后各携银两跑路，半年后落网，钱也花得差不多了，分别被判了刑。

二宝子因为介绍人不慎重，被庙里撵下了山。和尚算是干不成了，但他在这行业做久了，一点也不在乎，施施然回到家里，服侍老婆坐月子。他老婆生了个八斤重的胖儿子。他在家里设了香案花烛，引了当地的香客来烧香。家便是他的庙，一个月也不少挣钱。前年中秋，我回乡下，在他家的大院子里赏月，他准备了菱角、月饼、石榴等物，桌子上燃了线香。我问他今后有什么打算，他说："现在暂时没有。等秀秀坐完月子，我还是出去当和尚呀！"我被他差点笑喷了，一口香茶哽在嗓子里差点呛死。他跑到后面拍我的背，很感奇怪地说："这有什么好笑的？"

宝和尚的老婆自生了儿子后，在家享福，地也不种了，菜在街上买了吃。宝和尚又跑到浙江做和尚去了，说是浙江经济发达，收益更好，就是有点想老婆，说等钱攒多了，自己盖个庙，自己做住持。宝和尚这一回无论如何不介绍人到庙里做事了，但家乡人还是陆陆续续找去要做和尚，最后蔚然成风。你说乡里乡亲，可真就能拉下来这个脸？我姨娘家三个儿子都到浙江当和尚去了，据说干得不错，有两个还在宁波买了房子。大儿子在庙里给住持开车，车不错，是辆别克君威。因为做这个行业，远远好于干瓦匠，所以我们当地一到年下，常看到穿了灰色海青的和尚在街上乱走。和尚回家过年啦！和尚的老婆穿了花花绿绿的衣服在车站接了一班和尚欢欢喜喜地回家了，和尚抱着儿子、女儿，一路走一路问长问短。

今年春天我回老家扫墓，听人说二宝在老家盖了大庙。他在当地的后山盖了一座大庙，庙里围了一株唐代的银杏树。本来这个地方就有一座寺院，“文革”时烧掉了。原寺叫白马寺，“文革”时拆了白马寺盖了公社的大礼堂，礼堂盖好的当夜，就起火烧掉了。乡人说拆庙建公社不祥，这把火把周围烧成了一片白地。二宝子不知道怎么了看中这块地方，建了好一座宝刹。自己当了住持，买了车自己开，老婆当监院。我去看的时候，他老婆秀秀十分热情地请我吃了饭。我问二宝子去哪儿了。她说到上海化缘去了。

小公务员之死

我姐夫临终前对我说，我要给他写挽联。他说：“你字好，我这个人一辈子就好一个穷讲究。”说完他看着天花板微笑着。我安慰他说：“会好起来的，医生不是说你这几天情况有改善吗？”他说：“你看我现在像不像奥斯维辛集中营的犹太人？”说完他把胳膊抬起来给我看，然后拽着胳膊上的皮肤说：“条纹病号服，皮包骨头，都跟电影里一样一样的，还活得成吗？”我无语地看着他。

我姐夫是个警察，原先很壮实的一个人。有一次跟我走到他家小区一个单杠前面，他走到我前面抓住单杠一腾身就撑了上去，连做二十几个引体向上，然后示意我做。我摇摇头说这个我拉不了，他很得意！但就在那一年秋天他们单位例行检查中他被检查出患了癌症，而且是一种非常奇怪的癌症，名字很长，叫什么网膜肿瘤，长在肚子上。他原先工作主要是做审讯，他在这方面做得很好，系统内克难攻坚的时候就会请他去，所以他常年在外面出差。有一次我问他刑讯过没有，他听了嘴直撇，说："刑讯算屁本事？我就是跟他们聊。有一次我审一个贪官，足聊了两三个月，聊他小时候放牛、打猪草的这些事情。后来他全招了，嗷嗷地哭，说对不起他妈，最后非要跟我交朋友，说是等放出来一定跟我好好喝一场。"

我姐夫这个人什么都好，就是有点官瘾。他到死只混到一个正处，心里非常不服气，经常跟我姐说单位那谁谁，正处才几年呀！现在人家要升副厅了，你说这个人比人得死，货比货得扔吧。现在这个年头会哭的孩子有奶吃。"我姐冷眼在旁边瞧着他，等他自己都说到无味的时候，就直接说："那你为什么不哭啊？逢年过节让你到领导家去比杀你还难。"其实他不是不想跑官，是拉不开面子。听我姐说有几次把东西拎着，听着下面车子响了半天，最后还是拎着东西上来了，然后把东西一扔说："爱怎么着就怎么着，不去了！"然后拉过一张报纸来看，实际他的心思完全不在报纸上。

等他查出病来了，官瘾立刻就治好了，至少表面上如此。我到医院看他，我问他："现在不想当官了吧？"他说："你到街上问一个要饭花子，他要愿意跟我调换，要饭我都干！"他盘着腿坐在床上，跟我说："你猜我遇到谁了？"我说猜不出来。他说："我遇到一个北京政法大学的同学，我们好些年没见了。这个同学后来在下面市法院工作。他是肝癌，他老婆跟我说，一年三百六十五天有三百天在外面喝，就上这个地方来了，有时候还偷偷到小店买二锅头过瘾，痛起来跟杀猪似的，打过止痛针能睡一会儿。我看他这也是没几天活头了。”

治疗费很贵，虽说他们单位能报很大一部分，但自己掏钱比例也不小。我姐跟我说到了医院钱不是钱，这不，前几天交的五万块钱就没有了，催款单又来了！她说：“你姐夫他们这个属于事业单位的还好一点，能延两天交，社会上的立刻就给你停药了。”隔壁房有个开出租车的师傅，他治了一阵子，看看也没有什么明显好转，就办出院手续，说趁着没死的时候到外面看看。原来他一天十几个小时就坐在车上，用他自己的话说：像长在车上似的，什么人都会累出病来的。

我姐夫起初还存着一点侥幸心理，老是要求做个“排他”，他怀疑自己不是癌症。他说：“我自己感觉自己挺好的，能吃能睡的。”他寄希望于误诊！北京、上海都跑了一圈，证明单位体检的结果是对的。我姐悄悄问这边一个专家，说这个病这么治下去，最好的结果是什么？那个专家因为有熟人认识，他也不隐瞒，他说最好的结果是人治死，钱治光！他的建议是保守治疗，能减少一点痛苦减少一点痛苦。他接着说：“他这个病在肚子上，以后会吃不下去东西，吃什么吐什么，最后活活饿死掉了。现在趁着他还能吃，他想吃什么就给他吃什么。”我们跟医生所谈的这一切我姐夫是不知道的，他还兴兴头头地搜集各种偏方。

每次我去看他的时候，他就跟我说这次找到一个方子，一定管用，其实无非是些经霜的甘蔗、原配的蟋蟀。我们知道他是病急乱投医，并不理会他。他就跟我们发脾气，说大家都不关心他，盼着他死。后来他一个小学同学做了许多膏药送给他，让他贴在肚子上，说是贴了包好。他就把肚子全给贴上，流下来的黑色膏药弄得到处都是。我问他这个管用吗？他抬起头思索一会儿说：“似乎是没什么鸟用！来来，你拿几贴去。我们同学说了，有病祛病，无病强身。”

住院两个月以后，症状慢慢就出来了。他开始吃不下去东西了，但是又非常想吃。我一去他就问我：“最近有没有吃到什么好东西？”我说哪家馆子的菜好吃，他就让我细细给他描述里面菜品的味道，听得喉节上下滚动。我姐每天也换着花样给他做了送来，他打开保温桶闻一闻说：“这比刘文彩都吃得好！昨天吃的是炖乳鸽，今天又是红焖甲鱼，家都要吃穷了。呵呵！”但是吃不了几口，就从床下拿出盆来吐。他吐完了喘着气说：“哎，能吃下去是多么快活的一件事啊！以前都没有珍惜，好好弄一大桌子菜，还要喝酒，等喝多又全吐出来，多亏啊！”我临走的时候，他让我下次给他带点书来。我问他想看什么书，他说：“菜谱啊，现在只能过过眼瘾了。别管什么鲁菜、湘菜、川菜多给我买几本。我夜里饿得受不了就看菜谱，等我馋累了就睡着了。”

我问他：“你记忆中最想吃什么？”他说：“蛋炒饭。我刚参加工作的时候，那会儿还在市局里，晚上跟片警下去巡逻，下半夜饿了，在街上的大排档吃夜宵，他们有的点炒面，有的点馄饨，我就是一大海碗蛋炒饭。老板腌的小菜给上一碟子，有时是泡红辣椒，有时是泡生姜。炒松的白米饭上面裹着一点油，配上金黄的鸡蛋和葱花，你闻到那个味道都觉得饿得不行。老板说吃蛋炒饭一定要就小菜，跟金圣叹臭干子与花生米同吃都是不传之秘。我跟你姐说炒个蛋炒饭给我吃，她不愿意炒，说是吃了不消化。我都是要死的人了，有什么消化不消化的。你什么时候有空，到那个地方看看。看看那个大排档还在不在，也可能不在了。有二十年了，不过你去看看，也许他还在呢。老板姓吴，是个胖子。你在他那里炒个蛋炒饭，再带一小碟子泡菜来。我吃那个就开胃了！”我说：“这个行，回头我给你带来。”

过了两天我到他说的地方，夜市大排档还在。但问了许多人，大家都说没有姓吴的胖老板。我问有蛋炒饭吗，他们说家家都有，蛋炒饭那是最基本的。我说：“给来一份吧！小菜拿塑料袋给我每样装一点。”我在等蛋炒饭的时候，一个要饭的走过来。他托着一个塑料碗对我晃了两晃说：“行行好啊！给一点吧。”这个要饭的肯定没有想到此时此刻有一个人躺在那里强烈地羡慕着他。我给他一块钱，他又到下一个摊位去了。老板一边给我往饭盒里装饭，一边说：“你别看他们要饭，现在都不吃剩的了。晚上炒几个菜，天冷喝白的，夏天喝啤的，小日子过得不坏。”我到医院去的时候，我姐夫佝偻着身子正在研读扬州菜谱，边看边咂吧嘴。我问他：“我姐呢？”他看看说：“可能出去买东西去了，赶紧的。等她回来我就吃不成了。”他激动得手都抖了起来，我说：“别急！我还给你叫了一个紫菜汤。慢慢喝，别烫着！”

他把筷子蹾蹾齐就开工了，嘴包得像一个球形，吃了没有两口就全吐出来了。然后用手捏着喉咙对我说：“这个地方细了，下不去了！我喝一点汤。”我把保温桶递过去，他喝了一口汤，转着眼珠，似乎在回忆什么。他说：“这个不是老吴家的。”我说：“是的。”“你不老实！你在骗我。”这时我看到他眼睛闪过一种威光，大概他在审犯人时也会用这种语气和眼神。忽然他松懈下来，自我开解道：“这都一二十年过去了，胖子老吴早不知死哪儿去了。谢谢哦！我刚才说错话了，味道还是很好的，那时候年轻，胃跟刀一样，吃什么都香。”他捧着保温桶似乎在嗅青春的气息。

我姐从外面进来问他：“你在吃什么？”他说：“我在吃青春呢！”我姐凑到近前一看说：“蛋炒饭你能吃吗？”然后回过身对我说：“你也是胡闹，怎么给他带炒饭来吃。那么硬，怎么能咽下去？”我辩解说吃一点点没关系。就在我俩争执的时候，我姐夫忽然回过头喊我姐的名字说：“我吃点炒饭怎么啦？我自己的病我自己不清楚吗？以前你老让我减肥，现在不是减下来了吗！”他从床头柜里找出一个镜子对着看说：“唔，脸都瘦了。好看！”我姐一边收拾床头柜上的保温桶一边啜泣。我走过去把手搭在她的肩头。我姐夫也不说话了，他的两只瘦手搭在被子上，手背上除了针孔就是像河流一样暴露的青筋，在病房的日光灯下散发着一种金属似的光芒。

自从那次吃了蛋炒饭以后，我有一个星期没去看他。他问我姐说兄弟是不是生气啦？我姐说：“我电话里跟他说一下吧，他可能最近比较忙。”我姐夫说：“会不会生气了，我怀疑他买的蛋炒饭不正宗。”我姐说：“不会吧！你别瞎想了。”过了两天他给我发了一条微信，上面有个小人屈身赔礼，下附：“咱们什么时候去吃西餐？我想到一个好地方。面谈！”吃西餐时，是我姐让他坐在轮椅上把他推进去的。我们订了一个小包间，怕影响别的食客的情绪，这时候他已经瘦得脱形了。大家都用一种惊异的眼神看着他。他从放面包和火腿肠的食桌旁过去的时候，有气无力地说：“慢一点！让我看看。”我们就停下来，他对着一块大列巴看了许久，然后又对一盘德国烤肠熟视良久，最后说：“行了，走吧！”从那以后，他基本是靠流质与打吊针维持着。话越来越少了，我去看他的时候，他都是两眼望着天花板，护士帮他翻身的时候，他悠悠地叹口气。我姐在外面跟我说：“他时候不多了，你有空来看看他。虽然他不能说话，但心里清楚。”

我姐夫去世的时候，我正在菜场买菜，忽然电话响了，我一看是我姐的电话，电话里我姐说：“老张走了！你过来写一下挽联吧。”我问我姐什么时候的事情，她说早晨七点来钟吧。她说：“我到外面吃完早点回来，发现他不对劲儿，就按铃让医生和护士来，他们忙乱了一阵子说已经尽力了。我就谢谢他们，老张受的罪也是够了，就让他这么去吧！”

我赶到我姐家里，灵堂已经布置起来了。因为知道这个日子早晚都会来，似乎人在情绪上都做好了这种准备。本来想好怎么安慰我姐的话，发现没有什么用了。她显得很平静，坐在客厅的沙发上看着别人忙，自己像无事人一样。办白事的这家公司有人专门在那里帮着张罗，他把墨与裁好的白纸都准备好了。我拿起毛笔把我姐夫的名字写在白纸上，忽然眼泪扑簌簌地下来了。办白事公司那个人凑到近前说："我办了有十几年白事，你这个字算是写得最讲究的了，是个练家子！"丧事办完后，我姐跟我商量今后在墓地放些什么东西。我问她准备放什么，我姐说："你姐夫在世的时候，喜欢炒股，但是老亏。骨灰盒旁边给他放个股票机，万一牛市来了也让他欢喜欢喜！还有那几本菜谱也给他带走。"我说："都依你，都行。"

我姐沉默了一会儿，说："其实老张到死这个官瘾也没戒掉。反正现在人都死了，跟你说也没关系。病重的时候他听到单位将在处级干部中产生一个副厅，他瞒着我跑到办公室坐着。那个意思是：'我临死都还下火线！你们怎么也得考虑我一下吧。'单位领导打电话，让我接他回来。我跟他说：'你看你都这样了，谁还会提拔你呀！'他附在我的耳朵边说：'我如果级别上去了，丧葬费也会多给一点。'"

清明烧座房子

上周六我爸说要回老家过清明。晚上坐在椅子上盘算买些什么东西，他说：“我看报纸上说清明烧纸把树都烧着了。咱们今年不要烧纸、放鞭炮了，买点菊花意思意思就行了。”我姐说：“还是买冥币吧，又不贵，票面有好几个亿的。”我爸白她一眼说：“你这个是陋习，跟不上时代，要改改了。上回那个什么地方不是上坟烧纸，最后把几架山的树都烧了，你没看报纸上说？”我姐说：“要不这么的，菊花也买几把，草纸、冥币、香烛都买一点，列祖列宗谁也不多谁也不少，你看怎么样？”我爸满意了，他挥挥手说：“这个事情你去办吧！”

我姐跟我说：“明教寺那边有卖纸房子的，二十块钱独门独院，都是磨砖对缝的青砖大瓦房，还送辆纸糊的奥迪 Q7。你跟我一起去看看，回头我买了你用电动车驮回来。”我问她买房子干吗，她说：“我前几天晚上做梦，梦到二叔了。二叔抱怨说以前住的房子又漏了，到冬天没法住。墙上的洞大得猫都能钻进去。”我问她二叔现在什么样子，她说：“也没老，还是老样子。穿了一件旧军装，坐在门口，脚上糊的全是泥。看样子好像刚从田里犁田回来。他一边剥脚上半干的泥壳子，一边骂天骂地，说我们没良心，说谁也不管他。夜里我想到他心里好难过。”

我姐常有些稀奇古怪的想法。我姐夫去世第一年，她缠着蜀山陵园的人要把炒股机放在我姐夫的骨灰盒里。她的理由是万一赶上个大牛市，也让他高兴一把！陵园的人让她吵得没办法，只好随她，但是让她把电池下掉，不然“嘀嘀”响起来，怪吓人的。路上她跟我商量：“你看别墅怎么样？别墅只贵十块钱，还有车库。我们小区一个地下停车位要十几万呢，十块钱，想想都觉得划得来。”我说这对二叔来说享受得太过分了，折寿。她说：“二叔都死了多少年了，骨头能打鼓了。折个屁呀！”

二叔一辈子没有结婚。三十来岁的时候说要结的，后来最终没结成。那时他在庐江那边烧窑，一个寡妇说要嫁给他，寡妇有三个孩子，他被这种希望所激励，天天苦做苦累。有一回到城里来，给我们背了一口袋米，带了一只腌牛腿。晚上我爸跟他坐在一起说话，他盘了一条腿坐在凳子上，皱纹里好像积蓄着十年的黑灰，手的骨节都累得变形了。我爸就问他：“她们一家子就你一个全劳力，那个女的能帮你吗？不然四口人你一个人养，怎么养得了？”他说：“我还行，就是这两年腰老是痛。等她孩子能够上饭碗就好了。”晚上他跟我睡一张床，我问他怎么知道砖瓦烧好了。他说要看里面的火头，我问他火头什么样子就算好。他仰着头想了半天说：“总之好了就好了，说不出来了。”

后来他失恋了，大概他这一辈子就谈过这么一回恋爱，还让人家女的给骗了。因为他的腰痛越来越重，做不了重活了。这个女的又靠了一个窑匠师傅，二叔就在那个窑场打杂，但又看不惯那个女的跟那个窑匠师傅眉来眼去。他学着那个女的样子说：“浪货，一来就喊：黄宝呀——回家吃饭了——挡炮子的——死哪去了！”我爸听不下去，就说：“实在不行，你就回老家去吧。把家里的房子修修，踏踏实实种地算了。”我爸用手一指我们说：“他们长大了，总要养你老的。”我二叔摸着我头说：“二叔以后就靠你了，等我老了你可要打酒给我喝。”

我们家原先在集镇上有几路房子，中间围成一个院子。后面有一棵大香椿树，被虫子蛀得全是洞，地上掉一层木头渣渣。有一年树被风刮倒了，我三姑母就说这不是什么好兆头，说我们这户人家不兴旺。后来家里人慢慢迁出来，临街的房子租给开杂货店的。一年也就是几十块钱的租金，就图个房子有人住，有时自己还要贴上钱来修。我每年清明回家，开杂货店的就说：“你们家的房子又走了，我们不敢住呀！”然后拉我到山墙外面指给我看，说今年雨水大，屋子又朝东边走了。我一看确实是的，老屋拉开步子，身子已经歪到一边，随时要倒下来的样子。后来这路老屋在一场雨后，终于倒掉了，现在成了一片白地。隔壁老尹家种的树根从地上窜过来，在这边又冒出头来长出几棵树，现在都长得有碗口那样粗了。

二叔住在后面的厢房里，门朝南开，自己一个人做一个人吃。他那边的屋子老是漏，每次回去，都听到他抱怨说房子不能住人啦，哪里又灌风什么的。这个留给我姐和我的印象特别深，所以很多年以后我姐做梦还听得到他在抱怨房子。

村里的人到城里来，老是说我二叔在家又偷了谁家的鸡，或者夜里把谁家的棉花给摘了，摘下的棉花天蒙蒙亮就让他在集上换肉吃了，说他跑得飞快，有一回帽子都让人给抓下来了，但还是被他跑掉了。我爸回去就质问他为什么这么馋，他搓着脚不说话，眼神慌乱得像做错事情的孩子。

记得也是春天，快到清明了。老家三叔打电话来说二叔殁了。我赶下午的汽车，又走了一二十里路到家。我到家，他人已经被放在棺材里了。灵停在后面的厢房里。我看了他一眼，他躺在一床棉被上，人似乎缩小了不少，脸皮紧绷，像黄蜡做成一样。他的手贴在身体两边，手心向下，骨节更显得粗大，如同机器的轴。

二叔就葬在屋后的山上，旁边是一块油菜田，起初是一个土坟。第一年青草就长起来了，到第二年植物就更丰富起来：蒲公英、阿拉伯婆婆纳，还有一种草初生的时候是红的，秋天会长出长长的穗子，灰白色，丝棉般软滑。这些植物都在他坟头上安了家。油菜开花的时候，成千上万的蜜蜂在这里嘤嘤嗡嗡，叫天子在空中一边叫着，一边急剧地下降。这一切使他的坟头繁盛得不像样子。

我三叔在家的时候，年三十的下午会让自己的两个儿子给他烧纸，过了正月十五还要送灯。送灯说起来就是在坟前面点一支蜡烛，然后用个敲掉底的酒瓶子把它罩起来，火苗子在酒瓶里颤抖了一会儿，终于坚定地亮起来。我三叔说这是“糊鬼”。那天晚上的山坡上满是星星点点的火光，美丽且凄凉。现在他们全家到南方打工去了，这个“糊鬼”的事情就要我们来做了。

我姐买了一个房子在他坟前烧化了，她用塑料袋在地上铺着，给二叔拜了拜道：“二叔，给你买了个大房子，你看好看吗？还有辆车，奥迪牌，你看漂亮不？”她拜完了，回过头说：“你也来拜拜，二叔还指望你养老。你一天也没养过他。”

我爸叹息说：“你二叔这辈子在世上真是枉活了，连个记号也没有。”我说：“石碑上不是刻着字吗？”我爸说：“也就你们这代还来拜拜他，到你们下一代怕是连坟头也认不得了。”我说：“到那时怎么办？”我爸笑笑说：“管不了那么多了，随他了。”

压岁钱怎么给

豆瓣上一个朋友给我发短信说她不敢回家过年了。她说家里的亲戚不仅生了孩子，更过分的有些同龄人还生了二胎，这让人情何以堪？去拜年的时候她们都抢着抱出来献宝，人家的宝贝可不是白看的，看完就要封个大红包递过去。我的心都在滴血，人家攥着红包往回递，自己还要假客气说："压岁钱，拿着！头一次见面嘛！"其实在城里为坐公交还是地铁我都要合计半天的，在菜场买完白菜还硬要人家饶把小葱才肯走路。这回到老家就要入乡随俗，不这样家里人的面子往哪放。甚至他们怕亲戚知道你在外面混得差，怕你把祖宗的脸都给丢光了，过年出门拜年他们连红包都给你准备好了，硬塞在你口袋里，临走反复叮嘱道："记住！到人家喊人。不要光顾了吃，跟八辈子没吃过似的。还有人家孩子抱出来，要夸好看，不许胡说八道知道吗？""新生下的小孩都皱皱的，跟小老头似的。我怎么忍心夸他好看？"家里人愣了一下，接着说："那也得夸好看。

你夸完好看之后顺手把钱塞到襁褓里去。人家要是客气，你就说是过年的压岁钱，一点小意思。你可记住了！还有，他们家冷，乡下人家不比北京、上海，你多穿点。”你一想到到亲戚家拜年，坐在堂屋里寒暄，吃饭，上来十碗头菜，碗碗都吃到结冰，白花花一片，不由得浑身打冷战。你说：“我能不去吗？”家里长辈马上虎起脸说：“怎么能不去？人情大似债，头顶锅盖卖。你一个做小辈的怎么可以这样托大呢？怎么越混越缩呢？”草黄天净，十里八里。等到了亲戚家，他们家眼尖的小孩早看见了，喊着：“来了！来了！”返身就往家里跑，家里人接出来。有的还要扔几挂小鞭炮，你一边忙着躲鞭炮，一边用脚踢他们家跑出来过度热情的黄狗说：“去！去！”因为你每年过节都上他们家来，狗都认识你了。远远地看亲戚家里人出来就嘴里“舅爹爹”“舅妈妈”或者“三叔”“五大爷”“二表婶”一通乱喊。那边就连忙往家里让，其实家里跟外面一样冷。

进了屋第一项就是观礼，北京回来的无非带些蜜饯稻香村糕点，上海、苏州回来无非是卤汁兰花干、采芝斋粽子糖、肉骨头。乡人在吃过之后都说不好吃，太甜，粽子糖又不够甜！但这都是人背后的闲话，你大可不必管他，但是礼数彼此都要尽到，口里连连说：“来了就来了，还花钱！下年来空着手就行，现在村口就有超市，什么东西都有卖的，一门都不缺。”你捧着一杯热茶在手里不住倒来倒去，这时你发现小孩子跑到你面前，目不转睛看着你，脸上脏得跟锅铁似的。你装作万分喜欢地在他脸上摸了一把，弯下腰跟领导下乡似的问他：“你是老大吧？告诉我几岁啦。”他也不说话，鼻孔下像老龙似的拖着长长的清鼻涕，进进出出的。这时你忽然想起来，哦！这是来要压岁钱的，就掏出来递到他手里面，这个脏孩子掉头就跑。家里人一发吃了惊，说这怎么使得的！万万使不得，夺过孩子手里的红包塞回来说：“等明年你带了对象回来一道给，现在你一个人还要省钱娶媳妇（或找老公），等你们明年两个人来再给，我们收双份的好不好？”你一时僵在那里，心想，奶奶的！难不成光棍连给压岁钱的资格也没有了吗？那边被夺了红包的孩子，已经在地上打起滚来了，像浑身裹元宵面似的裹了几层灰，你忙从亲戚手里抢过压岁钱递过去。家里老人就喊滚在地上的阿大或阿二说：“大过年的，怎么作兴哭呢？奶奶怎么教给你的，客人给压岁钱要说谢谢！不能拿到就跑，要懂规矩！”拿到红包的孩子把钱送到妈妈眼前像邀功请赏似的递过去，妈妈装作不理，把他夹在两腿之间不许他乱跑，一边给你递瓜子、糖果。你看到阿大将鼻涕眼泪擦在以前曾经很讲究的妈妈身上时，不由得心生厌恶，就装作喝茶，发现刚才滚烫的茶不知道什么时候已经凉了。亲戚家里的人惊跳起来说：“换一杯吧！茶凉了吧？”你又忙着道谢，微笑，点头，吃一枚花生糖。

因为笑了一上午脸都有点僵了。这时亲戚家的老奶奶不知道什么时候从你身后走出来，手里抱着一个裹得跟粽子似的小宝宝说：“去年你来拜年的时候，老二还没出世呢。来给表叔或者表婶妈拜个年！”你装作万分惊喜的样子奔过去看，眼前出现一团红肉，猫仔似的，嘴角噙着泡泡，正呼呼地睡着。你也不怎么会客套，只记得临来时家里招呼要夸好看，就连声说好可爱呀！可爱呀！然后照着家里人吩咐的，把一个红包塞在孩子襁褓里。他们家老太太又要跟你客气一番，然后全家人跟打架似的又跟你拉了一番，但凭着你灵活的身手总能不辱使命。豆瓣上这个朋友经历的大致就是这样的拜年场景，所以她感慨道："邓安庆不回家过年是对的！"她说："我有个朋友过年不回老家。他把回家要包红包的钱省下来到日本旅游去了！"我想想这真是一个好办法，我说下一年你也照他这么办好了。她说不行啊！如果我不回去的话，我妈不仅要出她的那一份，连我的那一份她还要帮我出，省下的那一份还是到不了自己的口袋，说到底还是我们家里损失了！想想就心疼得不得了。

其实我知道有个加倍捞回来的法子，我想她也是知道的，大家都知道！但死活就不想走那一步就是了。

衣锦还乡

每年唐波回家过年总要在县城的汽车站擦一下皮鞋，他不想灰头土脸被家人看见。唐波的妈对鞋子干净不干净非常讲究，老人家有点洁癖。她退休前在永红路幼儿园当老师，每天小朋友排着队把手和鞋子伸给她检查。唐波小的时候出门，他妈总会说："坐到小板凳上看看鞋子干不干净。"车站的广场上有一排擦皮鞋的人，每人两张椅子，一张高椅子是给客人坐的，另一个小板凳是他们自己坐着擦鞋的。他们坐在小板凳上招呼客人："擦皮鞋吧，擦皮鞋吧。"唐波问道："一块？""二块。""涨价了，我去年擦的时候还一块。""那是去年的价格，现在什么东西不涨价？"

唐波一边说话，一边把拉杆箱放在旁边。他坐在藤椅子上，把脚搁在木头箱子上，问道："去年在这里擦鞋的那个妇女现在不干了？"擦鞋的把鞋油挤在他的鞋面上，像一截蚯蚓的屎。他一边说话一边用刷子把油摊开："哪个女的？""黑黑的，瘦瘦的那个女的。”“她呀，享福去了。儿子在苏州买了房子，接到那边去了。”擦鞋的坐得很低，仰起头来对他说：“听你口音不像本地的。”唐波用本地话说：“我是南门口的。”擦鞋的说：“回来过年。老板，你在哪儿发财呀？”唐波说：“我不是老板，在外头混穷的。”擦鞋的看了他一眼说：“骗我干什么，我又不找你借钱。”擦鞋的接着说：“有钱没钱，回家过年。你要是晚几天回来，我们可都要回家了。一年到头在外面，过年可要好好歇几天。不到年初七以后，车站这边怕是找不到擦鞋的了。”擦鞋的拿出一块黑布在给他的鞋抛光。他看到擦鞋人头发中间有许多白发，周围的头发却黑得很不自然，大概是染的头发开始掉色了。

唐波回家过春节要跑不少的路，先是坐飞机到省城合肥，到了省城以后再转汽车。他家在安徽的县里面交通还算便利，时间安排得紧凑当天傍晚能到家。他弟弟开车来接他，用他妈的话说现在人可享福了，从北京到家一步路都不要走。他妈说他懒，除了过春节，五一、国庆从来也不想着回来看看。其实唐波打心里不愿意回来，过春节让他找不到理由不回家，他妈在电话中说：“你一个人在那边干什么？人家都回家过年了，怎么就你忙成这样呢？你又不是国家主席，要日理万机。你是怕回来我们跟你提结婚的事情，今年保证不提了，谁提打谁的嘴。咱们一家人好好过个年，你机票买好后就要打电话回来，到时候我叫你弟弟去接你。省得像去年似的跑几回接不到人，打你电话又不接。”

唐波在美术学院当教师，靠教人画画过活，三十八岁了还是一个人。对于他这个结婚生子的事情，他们家人早已不抱什么指望了，现在把满腔的热情倾注到他弟弟的孩子身上，因为以前过年回来，亲戚朋友带着他出去相亲，相到正月十五还不放他走，最后总要跟家里大吵一架才得以成行。这都成了他们家的保留剧目，他爹背对着他不说话，他弟弟坐在椅子上玩手机，他妈一边抹眼泪一边往他的行李里塞东西，咸鱼、腊肉的都用塑料袋扎好包起来。

唐波觉得家里人这种随机相亲行为，严重地伤害了他的自尊心。因为有一天他姑妈给介绍一个姑娘，大学毕业留校当了老师，家里觉得条件、长相挺般配的就死活拽着他去看。姑娘家在县城下边的村里，他跟着介绍人提着四色糕点上门去相看，路上遇到一个赶猪的，赶着一条大公猪去配种。介绍人跟那人打招呼："你这是上哪村配种呀？"那个人回答说："到前面马油坊去，你这是打哪里来呀？"他说："这不带着着我大侄到我舅他们村去走亲戚。"两个人一边说话，一边下到田沟里让赶猪的走过去。晚上唐波回家跟他妈大吵说："你们把我当成什么？猪？配种的大公猪？"他妈气得淌眼泪，说以后再也不管他的事情，哪怕他们老唐家绝了香火，没人摔孝子盆，也不托人给他相亲了。

唐波的弟弟早就结婚了，两个人忙生意一直没要孩子。唐波就给他弟弟做工作，说："你赶紧生一个吧，给我减少一点压力。老头、老太太有个孙子、孙女忙忙就把多余的精力给发散掉了。如果你们生一个，上幼儿园的赞助费我给你们交。奶粉我托南方的朋友给你从香港带怎么样？”他弟弟想想蛮划得来的，就跟他老婆商量生了一个。这下老唐家算是有了后了，父母这头也算是安抚下来了。唐波现在过节回家他们家基本上不说这个事情，亲戚当中有说这个事情的，他爸妈一两句话就给弹压下去了，他们说：“咦，真是奇怪。他皇上不急倒是急死太监了。”

唐波现在回去过年的难处是要“被牛逼”，谁让他在首都呢，还写了几本卖不掉的书。春节家里来了客人他爸妈就拿出来显：“瞧瞧，这是波写的，美术教材呀，大学生上课就学这个。”客人拿过来翻翻，啧啧称奇道：“你们家波真是出息了！小的时候闷声不响的，肚子里面有货。现在升教授了吧？”他爸妈也不接人家的话，只顾自己往下说：“波这个书都卖到县里来了。我看县里张开榜办的那个达芬奇美术学校的学生都是用的这个教材。”唐波坐在旁边暗暗地叫苦，人家无限景仰地看着他。他忙招呼客人：“来，抽烟，喝茶，抓瓜子吃呀！”

唐波这两年是写了几本美术书，种类计有素描初步、色彩初步、速写初步。前些年艺考火爆，起初印这些书还蛮赚钱的，后来大家看看这个钱好挣一窝蜂印将起来，等到唐波写的时候这个生意就快成赔本买卖了。因为签的合同里有“作者包销三千册”这一条，卖不掉的书堆在北京租的房子里占地方。后来还是县里一个哥们，是唐波学画时的画友，就是办达芬奇美术学校的那个张开榜。两人在省城学画时，合租了城中村一间屋，在一起住了一两年。唐波考上美院之后，张开榜又考了两年没考中，他就不考了。

开榜回到县里办了个美术培训学校，听唐波说写的书卖不掉，他说："你寄到我这里来，我一分钱不还价。码洋上多少我给你多少，我拿去给我们学校的学生当教材用。"这一下省了唐波不少事情，要不然家里来人都不好坐，原先放饭桌的地方后来都改放书了。上面还放了台微波炉，唐波怕弄不好把房子给点了。

开榜帮唐波卖了书，使他自觉欠开榜一个人情。每年春节回家人家也是高接远送的，县里也没啥娱乐的，就是请洗澡，一天洗四五个澡，把皮都泡白了。要不，就是拔火罐，说是去毒气、湿气。他们县里有身份的人一脱衣服，后背全揪得跟龟板似的。洗澡唐波倒是挺爱去的，在北京用暖气用惯了，回去过年正赶上一年最冷的时候，冻得够呛，澡堂子里还有点暖和气。县里唐波那帮同学呀，现在一个一个胖得跟猪一样，澡一洗往沙发椅子上一躺，说不到几句话就睡得呼呼的了。唐波一个人挺无聊的，就下点小说在手机上看。他们一觉睡到下午，起来就到安排晚饭的时候了。几个人争着说晚上是自己的东，早几天就说好了的。唐波赖在沙发上说实在不行了，再喝要死人了。他们哪里肯依，说波你现在在京城混好了，怕我到北京找你是不是？连我的酒也不敢喝了。唐波说哪能呢，就怕你们不肯上我那个狗窝去，请还请不到呢。

唐波知道自己不能太驳人家的面子。这些人有的是小学同学，有的是初中、高中的同学，拿他们自己的话来说都是县里有头有脸的人。唐波的弟弟、弟媳原先在县化肥厂上班，化肥厂倒闭了都下岗了，现在在老南门税务所旁边开了一家饭店，这些人平常隔三差五地去照顾照顾他的生意。所以回家那几天，说是回去过春节，跟父母在一块儿的时间统共也没几个小时。常常喝多了，吐得满地狼藉，还得唐波他妈捏着鼻子来给撮出去。

有一次张开榜请客，唐波喝得烂醉。夜里渴了想喝水，挣扎不起来。他妈披着棉袄给他冲了一碗红糖水，然后叹一口气说："哎呀！不能喝就不要喝了。波呀，你也老大不小的了，还逞强。你那些同学天天都是酒场泡着的，你怎么能跟他们比。那个开画画学校的张开榜，我有时上街买菜遇到他几回，回回不是喝得东倒西歪的。他倒是眼尖，认得我，问我你什么样时候回来，说跟你交情好，让你回来一定要打电话给他。他现在办的那个学校据说收了不少人，听人家说他在省城都买了好几套房子了，说等钱挣足了上美院进修去，跟你一块儿圆艺术梦。这人着三不着两的，儿子都上初中了，还圆个屁梦。穿得道士不像道士，姑子不像姑子的。县里的人都说他脑子有点那个。"说完他妈指指自己的脑子。唐波说："你听他们胡扯，开榜精得跟猴似的。他是把自己当艺术搞，没点特色他学校的生源能那么好？"

唐波头痛得如撞钟一般，一记一记都打在两边的太阳穴上。他跟他妈说，今天的饭就是开榜请的。唐波的妈说，这个开榜也是的，知道你不能喝还死灌，下回看到他我要说他。唐波说，他也喝多了，在饭店就吐了。唐波他妈说，年年回来都这样，下年过春节你也别回来，在北京一个人过年吧。唐波说，好啊，我也不想回来，明年你们上北京来过春节算了，也落得清静，在家里又要买又要烧，爸过完年就七十的人了。但是到了下一年，他们又变卦了，说哪有过年往外跑的，让人家看着不像一家人家。唐波他爸说了只要他活着一天，老唐家的门楼子他就得顶着，怎么可以弄得冰锅冷灶的。再说多了，他们就用围魏救赵之计，说什么等你娶了媳妇，娶了媳妇我们一准到北京跟你过年，帮你带孩子。明明知道这是不可能的事情嘛，又说他干什么？

唐波妈看他迷迷糊糊想睡的样子，她叹了一口气站起身，帮他把被子掖了掖，把他搁在外头的手塞进去。这时唐波忽然有种想哭的冲动。他翻个身侧过脸去，他妈出去了，把门轻轻地带上。这时唐波开始想北京了，尽管那里空气不好，尽管它哪儿哪儿都是人，尽管唐波觉得他在北京渺小得如同芥子一样，但是他觉得自在。在县里他觉得人与人太近了，近得开始不舒服起来了。这么一想起来，就觉得浑身刺痒，唐波把手伸到后背挠了起来。

宿醉以后，人变得特别清醒，反而睡不着了。夜里从老火车站方向传来凄清的汽笛声，除此之外还有零星的爆竹响。响完之后周围死一般的静，有神经病半夜放烟花，窗户被映得白煞煞的，屋里的家具都投下黑影子。唐波能听到耳朵里血流的声音，他仿佛回忆起白天的事情。张开榜先是请他到自己的美术学校去。一进校门，唐波就看到一个红色的大横幅："北京来人啦！欢迎央美唐波教授载誉归来。"开榜让他讲几句，唐波把他拉到旁边一个劲儿埋怨："开榜，弄大了吧！不是说几个同学聚聚吗？我什么时候成教授啦，你给升的？"开榜说："我是拉大旗做虎皮。我们几个在省城学画画的，不就是你混得最好嘛，你考上了，现在又留校当了老师，我借你威风威风，你给我上去忽悠几句。"

唐波到现在依稀记得自己在讲台上说要吃画画这碗饭是不容易的事情，要发自内心地喜欢。如果从混职业、混文凭这个角度来看，有比这个好得多的选择。开榜在下面一个劲儿朝他挤眉弄眼，最后唐波帮他找回场子，说开榜跟自己是同年的画友，一起在省城学画，吃了不少苦头。开榜他画得好，人也好，理论水平高。同学们尽管踩在开榜校长的肩膀上走进更高的艺术殿堂，最后祝开榜美术学校越办越好，人才辈出。说完他带头鼓起掌来。开榜在台下很兴奋，唐波下台的时候开榜扑过来跟他熊抱，差点把他给拱翻了。这家伙今年又长胖了！

台上讲完了，唐波问开榜："现在没我什么事情了吧？"开榜说："到学校会议室坐坐，离吃饭还早。会议室有几个县里的头头脑脑等着见你。"唐波一进去，他们都站起来说："唐教授好！你是稀客呀，我们请都请不来的。"开榜忙走上前介绍，这是我们程县长，听说你回来一定让我请你坐一坐。然后指着旁边一个女孩说，这是程县长家的千金，在我们学校学画画。听说你这个大教授回来了，一定要取取真经。程县长拿起桌子上的"软中"递了一支过来说："唐教授抽烟，你是我们家乡的骄傲呀。我这个闺女从小就喜欢画，家里墙上、桌子上哪里不画到。好些人跟我说她有画画的天分，我还不相信，上到高中忽然跟我说要画画。听人家说开榜这里教得好我们就送过来了。开榜说他跟你还有这层关系，那我们就更放心了。唐教授，现在我们就把闺女交给你了，你要多费心啊！”后来程县长的闺女把画夹的画拿出来让他指点，无非是三角形、圆形、拉奥孔、大卫、维纳斯，然后是画色彩，几只瓦罐，下面搁着苹果、橘子之属。开榜在旁边歪着头看，两手搭在裤裆上一句话也不说，一个劲儿冲他抛媚眼。唐波赶紧夸好，画得有灵性，色彩感觉好。这样主客都松了一口气。

程县长端起杯子喝了一口茶，他问唐波：“听说唐教授的父亲是我们县里老物回公司的？”唐波说：“是的，现在退休了。”程县长说：“他们工资关系都交到社保去了？”唐波说现在改社保发钱了。程县长说：“老人家在县里有什么困难可以直接到我办公室找我。唐教授你是我们这一方的名人啊！”说完程县长左右看看，似乎在征询别人对他这番话的意见。唐波听了觉得臊得慌，他朝程县长的脸上看了看，看看他是不是在讽刺自己，但看他脸上的表情倒是挺诚恳的。身子微微趋向唐波，整个身子似乎还要故意比他矮上那么一截。唐波他们老家这个地方的人表示谦逊，就是把整个身子放低。敬酒的时候双方比赛着把杯子放低，真是低到尘土里还要开出一朵花来。

程县长旁边坐着一个人看样子是他秘书，连忙递过来一张名片。唐波看了看，放在袋里，接着说：“程县长，我没有名片，给你留个电话吧。”开榜说：“等一会儿吃饭的时候，我写给程县长。现在我们去吃饭，订在白金汉宫，程县长你们开车先走，我开车带唐教授过去，顺便带他看看我们家乡的变化。”开榜在车上小声跟唐波说，程县长的那个千金学习烂得伤心，就算是专业课过了，文化课也是无望的。这是复读第三年了，他问唐波能不能想办法给他勾兑一下，关系唐波来找钱他花。唐波说：“开榜你真是高看我了，钱我想挣，想得都快发疯了。但我真没本事拿下来，就算这里面有门路我也够不上。”开榜说：“波呀，你这个人就是太老实，现在外面二本的野鸡美术学校多了去了。你给他勾兑一下，你也挣几个，我这边也算是尽了人事。我办这个学校，工商、税务这一块不还要求着人家吗！县里的鸟事情，打头碰脸的都是熟人，说起来搁在北京毛也不是。但你得罪一个试试？不捏估死你算你命长。”

唐波说：“这个事情我不能说满，帮你问问。”开榜腾出手来拍了唐波一下说：“有你这句话我就放心了，回头我跟他吹吹，给老二的饭店拉拉生意。”唐波没有说话，他笑了笑。车经过老汽车站，果然没到初七，擦鞋的一个也没来，他看了看自己的鞋子，缝隙里都是灰尘。车站广场有个烤红薯的，戴着脏袖套把手伸到炉子里掏红薯，等把红薯掏出来后，他拢着手在袖套上拭了拭被冻出来的鼻涕。路上有很多废纸和爆竹屑，风一起就飞起来，风一停就落下来。这些垃圾在地上走走停停，停停走走。几条瘦狗把头伸到垃圾桶里找东西吃，忽然就把桶扒翻了，垃圾倒了一地。开榜还在说话，但唐波昏昏然听不懂他在说什么，跟老和尚念经似的催眠，过年可把他过苦了。

县里的“白金汉宫”到了，是座欧式装潢的房子。门童都穿着金色钮扣的红大衣，戴着白手套来拉门。他说：“先生你好！欢迎来到白金汉宫。”开榜推着唐波：“醒醒，醒醒，我的唐大教授，到了。你昨晚做贼去了？”唐波打了个激灵，突然醒过来说：“我这是在哪儿呀！”

毕业证

我堂弟一个同学在昆山台资企业，当人力部一个头儿。他给我说过一件事，很可乐！他说早些年有一次那边弄了个人才招聘会，人潮汹涌，一地的废纸。在这万军阵中杀出一个学生，一家企业多远就瞅见了，红红的毕业证上赫然印着“中国科学技术大学”。企业人力资源部的人暗念佛号，这趟算是淘着真金了。于是跟着后面喊：“那位同学，请这边来！”那位同学挤了进来，递过毕业证书和相关资料。他双手接过来，一看是中科大大专，拎起毕业证一只角就给扔出去了。我堂弟这位同学说，实际上这家企业的职位高中生绝对胜任，反正薪水又不高，能用多高的文凭就用多高。他们那个人力主管常挂在嘴边的一句话叫：“三条腿的蛤蟆不好找，两条腿的人多得是！”

朋友老婆想弄个编制，进县里一个规划部门。弄编制有个条件，需得大学本科毕业。他老婆门门符合，就文凭这一样不符合。在县里做假文凭他不托底，开了车上省城来了，认为省里技术会高一些。到了合肥他打电话问我，我说这东西满街都是，你想上哪个大学，你到路灯杆上瞅去。他就上街瞅去了。反正城乡各地没一根干净的柱子，紫禁城里怎么样，我没进去过，不敢断言。五步之内，必有芳草。没走几步假文凭贩子贴的广告就让他瞅见了。他抄了一份，然后打电话给制证的人，说好三百元钱，加急！制证人中午派了一个马仔过来，取走了照片，说好下午发大学毕业证，在明光路公共厕所旁碰头，不见不散！

下午三点钟，他捏着鼻子在公共厕所旁边等假证贩子。我这个朋友也不是厚道人，不过，现如今有几个厚道人？老实人六零年都饿死了。他一边抽着烟探头探脑地等着，后来手机响了，是造假证的人打来的："你来了吗？穿什么衣服？"他说："我他妈早来了！穿白衬衫。这地方臭着呢！快来！不然我走了。"过了一会儿，一个黑瘦的操南方口音的男人走过来说："仙参（先生）！是你要做证的吗？"他说："是我啊！证拿来我看看。"这个人不是上午来拿照片的人。朋友举着证，迎着光左看右看说："这证怎么看着那么粗糙？"那个黑瘦的男人挤过来，指着毕业证上的鉴章说："哪里粗糙啦？已经很好的啦！"我这个朋友开始扳价："二百！不行我就走！"说完作势欲走。那个南方人痛苦地说："不行的啦！真不行啦！我有成本的！"朋友从口袋里摸出二百元说："你就说行不行吧？"那个南方人呻吟道："货到地头死，做生意一点诚信都不讲，拿去啦！"他把钱接过来，然后把证递过去。

走在街上，我这个朋友又迎着光看了看证，觉得这东西没问题，能用。街上的行人肯定怀疑这家伙有病吧，没事举个安大毕业证对天祷告干什么，估计是个老范进。他跑到我家里把证拿给我看。为什么拿给我看呢？因为我以前刻过章，也算是行家里手。我拿出一个放大镜细细地看了一会儿。他问我像不像，我看看说："像！现在照相制版不可能不像。"他说："奶奶的，上这狗日的当了。我看真的大学毕业不还穿黑袍子照相吗？"我说："你个鸟人！贪心了不是？二百你还想弄个学士服穿穿！在公共厕所旁边你想让安大校长把你学士帽上的缨子从这边顺那边去。做梦吧！弄那种的得花四年时间，外加十几万块钱。"

我看过真正的大学毕业要穿学士服。每年夏天，我在科大路过时，总看到一帮毕业生穿了黑袍子纷纷排队照相，伸出剪刀手喊："耶！"女生把帽子扔向天空，然后跳起来放飞毕业的喜悦之情。我说："你这偷了多少工，减了多少料。人家十年寒窗、高考、考上了才是四年本科。蚊叮虫咬，吃了多少辛苦。"他挠挠头说："这么一想，还是划得来！""一上午时间老婆大学毕业了！"我打趣道。

我手里拿着证问他："这东西管用吗？真能弄成事？"他一把抢过去说："这东西就是糊鬼呢！搁你手是没用，在我手就管！他们要这个东西，你不给他弄一个，面子上不好看是不是。"我说人家上网查怎么办。这个朋友说："什么叫钱到公事办，火到猪头烂。我花过你弟妹上大学的钱了，证真不真那就是他的事情，你懂不懂？"然后他伸出手指头比划了一下："这个数！"然后对我认真地点点头。这人文化程度不高，上过三年初中后在家养猪，养猪把脑子养开悟了。说是搞大规模养殖，乡下树他为养猪典型。其实他也没几条猪，好多猪是跟下面的农户借来的。上面来检查，他就下去租猪。一头猪在他的圈里放一天，给人十块钱。旁人以为他傻，其实他比猴还精呢！大规模养殖国家有补贴，他就靠吃猪的补贴发了财。

他养猪的地后来又让乡里回购回去，乡里弄了工业园，他两头得钱。后来因为乡里要找个致富带头人，让他当挂职村长。他原先不干，乡里领导到合肥找他做工作，给他摆事实讲道理，他委委屈屈跟着回去了。结果一干还就干上瘾了。原来他在合肥开个土产店，专门卖当地的黑猪肉。我就是在这个土产店认识他的。后来不知道他怎么混的，竟然还在镇里当了镇长了。他看别人有文凭，也跟在后面学坏了，也弄了几本毕业证，上过几回“神学院”后，现在是研究生学历了。而且还是真的！我强调一下是真的！不是在路灯杆上瞅来的。

秋天他又进城了，给我带了许多卤驴肉和麻油。我说：“你们那个地方专门出假麻油，你想吃死我呀！”他往后撤一步说：“我骗别人还能骗你吗？这是在旁边看着人晃的麻油。”晚上我们在一起吃饭，我问：“你那个文凭行吗？”他说：“行啊！弄好了。明茹都上好几个月班了！”他媳妇叫明茹。“你弟妹还说请你到下面玩呢。哪天去，那边一切我安排！”胸口拍得跟油篓似的。他们当地人有两拍是出名的：干事之前是拍胸脯，临到干事情时是拍屁股，一走了之。但他请我到下面玩，看起来还是真心实意的。

八十年代的新一辈

昨天晚上我到华联超市买东西，经过超市的门口，有一堆人在跳广场舞。地上的音箱里放着一支歌——“天也美，地也美，光荣属于八十年代的新一辈。”我驻足听了一会儿，觉得很耳熟。忽然想到一个问题，难道八十年代的新一辈已经开始跳广场舞了？回来我查了一下，这首歌的作曲者是谷建芬，作词者是张枚同，歌词是这样的：

“年轻的朋友们，今天来相会。荡起小船儿，暖风轻轻吹。花儿香，鸟儿鸣，春光惹人醉，欢歌笑语绕着彩云飞。啊！亲爱的朋友们，美妙的春光属于谁？属于我，属于你，属于我们八十年代的新一辈。再过二十年我们重相会，伟大的祖国，该有多么美。天也新，地也新，春光更明媚，城市乡村处处增光辉。啊！亲爱的朋友们，创造这奇迹要靠谁？要靠我，要靠你，要靠我们八十年代的新一辈……为祖国，为四化，流过多少汗？回首往事心中可有愧……来来来……来相会！”

过去书上有过这种提问，比如你想活在什么时代。如果你要问我这种问题，我觉得上世纪八十年代比较好。上世纪八十年代就是这种歌的那种氛围，欢欢喜喜的，一片新天新地的景象。我那会儿年龄不赶趟，有点青黄不接的样子。许多流行都没赶上，只能眼巴巴看着门口吴老二从一个时髦追赶到另一个时髦，从胜利走向胜利！

有一次他带我去他们单位参加舞会，我不会跳，只能坐在旁边帮他看衣服。舞场是他们单位的会议室。下午他们把会议桌顺到一边，地用水冲洗过了，把积年的痰迹和烟头烧糊的地方用钢丝球擦出来，车间里过来几个手脚麻利的姑娘趴在地上打蜡。我问吴老二为什么要打这种东西，他说打过就滑，人一转就转起来了。男的登在梯子上往天花板上挂彩条，装彩灯。灯装好了，先试一遍。在墙上、地上，红旗、锣鼓家什、人的脸上，马克思、恩格斯的脸上，打出红黄蓝绿的道道。

吴老二说："没吃饭的人抓紧，晚上食堂卖大葱馅包子，去晚了就没了！"好多人都说不吃，怕吃了嘴里有味道，晚上请不到舞伴了。有些舞技不熟的，趁着人没来，赶紧先下场练练，男的搂着男的跳，女的搂着女的跳，舞种有伦巴、吉特巴、快三、慢三。到了七点钟团支部书记还要上台讲几句，意思是文明跳舞，如果人家女的不肯，不要生拉硬拽。耍流氓？对不起，先拖到厂保卫科一顿痛打，然后再送派出所。大家都张着嘴看着他。他说完了，又清了清喉咙说："姑娘们！小伙子们！跳起来吧！"伴舞的音乐就是这首《八十年代的新一辈》。

吴老二看团委书记下来以后，就跑到主席台上，跟放音乐的人说："我这儿有盘邓丽君的带子，放邓丽君的《甜蜜蜜》吧！"然后掏出烟给人家敬上。那个人说："书记说了，这是黄色歌曲，不叫放。""你听他的，你一放他不知道陶醉成什么样。放吧！放吧！"那个人迟疑了一会儿，说："你放在这里。等会儿我看你上场时就放。到时候书记说我，我可说是你叫放的哦！"吴老二说："没事，一切有我！"然后在他肩膀上拍了一下。上世纪八十年代邓丽君流行以后，社会上还组织过一次大讨论，说这叫靡靡之音，书店里还出一本书：《怎样鉴别黄色歌曲》。前一阵子我在网上下了个 PDF 版，看了觉得真是蛋疼！

七点一过，人像蚂蚁进洞似的都来了。姑娘、小伙隔着舞池排排坐。乐曲一响，少数会跳的都有约好的舞伴，就快步走到前面，微微一躬身，伸出手牵着舞伴穿花拂柳般下到舞池当中。吴老二附在我耳朵旁边介绍说："二分厂，孙会计，上海佬，人家早就会跳。那个女的是他老婆，长得不丑哦！""哎，我去请李敏跳。不然该被'猴子'带走了。"他回过身对着放音乐的做手势，意思是要放《甜蜜蜜》了。音乐响起来了，"甜蜜蜜，你笑得甜蜜蜜。好像花儿开在春风里，开在春风里……"

吴老二紧张地用眼睛盯着对面。他看见李敏用手帕在扇着风，回过头跟身边的女伴说着什么。他站起身，正准备走到对面去请李敏下场。这时会议室顶上的大灯亮了，音乐停了下来。团委书记拿着话筒说："这个不能放哦！我们不能放她的歌。因为她不是个好东西，是国民党——这个是黄色歌曲。"

吴老二在底下喊："你妈才是国民党！"书记用眼睛往台下看："谁说的？站出来。"吴老二跳上台，拽着他领子就往台下拖："早看你不顺眼了。我们出去练！"书记用手抓着他的手说："有话好好讲，你不要动粗！"跳舞的人都停下来看他们，李敏追出去喊："老二，老二，你不要发神经啊！"但听外面拳头打到肉上的声音，老二无疑是在发神经。

过了一会儿，李敏跑进来对我说："老二的大衣在你这儿吧？你给我。"我问她："二哥人呢？""抓厂保卫科去了！"这时放音响的为了缓和气氛，又放起这首《八十年代的新一辈》。然后他模仿书记站到台上说："姑娘们！小伙子们！唱起来！跳起来吧！"大家有点惊魂未定的样子，嗡嗡地说话。跟吴老二一个班组的工人都出去打听情况去了。

我把大衣交给李敏，从舞厅出来，月亮都升得好高了。厂里几个大烟囱像巨人似的矗立在夜空下。冬天的晚上，路上没有人。我踢着一个石子，踢着踢着就踢不见了，大概是踢到冬青树丛里去了。我回过身看着舞厅的方向，那里笼罩在一层红光中，像一座天上宫阙。还能听到："为四化，流过多少汗？回首往事心中可有愧……来来来……来相会！"二哥今晚要遭罪了，不会把他送派出所吧？

父亲节的礼物

要过父亲节了，给我老爹买礼物是一件相当令人头疼的事。我们家因为兄弟姐妹多，大家在买东西之前会沟通一下。比如我姐买 T 恤，我就买鞋子。人到了老年鞋子很难买，人老了骨头大概就硬起来了，所有的鞋子他都嫌硌脚，总之我买的鞋子没有一双是他满意的。去年在父亲节之前我问他想要什么东西，他说没有什么东西想要的。我说："但是过节呀，总得买个什么东西吧？"他打开鞋柜指给我看，说："以前买的鞋子都还没穿，你不知道我想穿什么样的鞋子。"我说你自己想要个什么样的鞋子，我去给你买。他撇撇嘴说："你以前给我买的鞋子我都不喜欢，又贵又重，还挺脚。我怕说了打击你的积极性。"他弯腰从床下拿出一双布鞋说："你看我在菜场买的，二十来块钱，又轻又合脚。鞋帮子穿坏了，我把后帮剪掉，改成拖鞋，都拖了好几个夏天了。"我说："那今年买条裤子好不好？""裤子你也买不好，都太紧了，我走路迈不开步子。再说以前买的裤子好多还没穿呢。心意我领了，今年就算你买过了。”

过了几天老爹打电话给我说：“我发现一个好东西，街上散小广告的人给我的。”我问他：“什么好东西？”他说：“鞋子，老年健身鞋。广告上说又轻又养脚。你就给我买这个鞋子，价钱也合适，才二百来块钱。”我说：“街上小广告你也信？以前上的当还不够？”“好好好，你不愿意替我跑腿，我自己摸过去。死了张屠户，还吃带毛猪呢！”我说：“老同志，现在骗子多啊！还记得那个电子洗脚盆吗？”我爸说：“除了健身鞋，我真没有什么东西想要的。如果你实在想给我过父亲节，那就烧点好的给我吃吃吧。”

我爸前几年患了眼疾之后，视力大减。但他老沉浸在年轻时左右视力一点五当中不可自拔，认为世界上有一种仙药吃下去以后，视力一定会恢复到以前的水平，所以经常上那些江湖郎中的当。后来我给他找了个眼科的专家，这个人很耐心地给他做思想工作。他说：“老先生，你的眼睛没有什么毛病，就是老年性的视力减退，还有点白内障。白内障这个手术也要等到它长全了才可以做手术，就是做了手术以后也不会恢复到你以前的视力水平，就像一个机器一样哪怕是德国出的，你用了几十年以后它也会磨损的呀！所以你要接受这个现实。我给你开点中药，平常泡点决明子、菊花茶喝喝。”说完拽出笔就开药方。

从医院出来我搀着我爸过马路，他对我说：“你找的这个医生没水平。我这个眼睛不好，一定是有个什么毛病，他又找不出什么毛病，就说我这个眼睛恢复不了。我以前在部队的时候，打轻机枪，都是九环十环。”我说你那个时候多大，现在多大呀！说这个有什么用。马路对面有一家药店，门口坐了一排老头、老太太在贴什么神奇眼贴。据称是来自蒙古草原上的秘方，由多种珍贵的中药材炮制而成。我爸说：“我到那边试试，上面不是写着头三贴不要钱嘛！”

没等我们走到门口，几个穿着白大褂的女孩子就围了过来，有叫“老先生”的，有叫“爸”的。我爸给她们弄得有点丈二和尚摸不着头脑。他悄悄问我：“哎，那个女孩子怎么喊我‘爸’？”我说：“都是这么喊的，冲着你钱来的。”女孩说：“爸，是不是眼睛不好？”我爸扶着桌子一边坐下来一边问：“是不是头三贴不要钱？”“是呀！没有疗效我们是不收钱的。”“那先给我来一贴吧！”我爸在左眼上贴了一块，弄得跟海盗船长似的。他侧过头问旁边一个老阿姨说：“哎，它这个有效吗？”那个老阿姨说：“反正凉凉的，也怪舒服的，有没有疗效要等贴完三贴才知道。”等了约有半个小时，那个小女孩跑过来说：“爸，时间到了，我给您揭下来。您感觉怎么样呀？”我爸说：“感觉好多了，你这个药多少钱一盒？”“不贵，现在正在促销，对你们老人家还有优惠。过去一百六一盒，现在打对折，八十几块钱一盒，很划算的，现在买我们还送枸杞子和红枣。您不是还有两贴没贴完吗？等下次来我们还是免费贴。您留个电话吧，我们回头给您打电话通知您来贴。”这样我爸就把家里的固定电话留给她了。

回家的路上我说："你给她们留我的手机号就行了，怎么把固定电话给她们了，以后烦都能把人烦死。"我爸说："我看这几个小姑娘人不错，等我的眼睛治好了，还要给她们写表扬信呢。"我听了只好把头来摇。

自从把家里固定电话给了他们以后，各种江湖游医的电话就接踵而至——有包治糖尿病的，有治"三高"的，有治腰椎间盘突出的，还有推销各种健身器材的。有一回快到父亲节的时候，我爸接到一个电话。一个南方口音说，我们是市老干部协会的，首先祝您老父亲节快乐！下午请你们老同志到什么地方开会，会后给你们准备了一点土鸡蛋。你们这些老同志都是共和国的财富呀，组织上是想着你们的。下午我们有个茶话会，会上搞有奖问答。放心吧，没有什么难度，都能领到奖品。一点心意，不成敬意。把我爸感动得差点儿眼泪都流下来了。他回过头来说："你说这个老干局也干点人事哦！"我持怀疑态度，说："你们以前有单位的人都有个通病，那就是三日无君则惶惶然如丧家之犬。一听到组织上又想到你们，莫不以功臣功狗自居，小心上人家的当。"我爸说："滚滚滚，你才是狗呢！"

我问他下午要不要我送他去，免得上人家的当。他说："楼上的老秦跟我说好了一道去，你忙你的去吧！"傍晚的时候，我爸跟老秦一人拎了一个大盒子回来。我问他这个是发的吗？我爸说买的，花了小一千。我问他盒子里是什么东西？"按摩洗脚盆，他们说能治眼睛。"我说："胡扯八道，这个脚跟眼睛离得多远？""可人家说了，这个眼睛不好主要因为脚上的涌泉穴不通。天天泡脚把涌泉穴打通了，就不治而愈了。”我问他老人家说：“你以前也天天洗脚的，怎么没洗通？”我爸说：“以前那个脚盆跟不上时代了，人家这个先进，会发出电子脉冲，跟打靶似的指向穴位。多则三个月，少则三十天就见效。”我说：“那秦大伯也弄了一个？”“他不买能行？人家都喊他亲爷爷了……”我说：“我真服了！老秦他是‘三高’，泡脚也管用吗？”“那怎么办？三斤土鸡蛋都拿了，等三十天后看效果，如果不管用，我跟老秦去找他们退货。他们说了无效退款。”

三十天很快就过去了，老秦还是三高，我爸看报纸仍然要拿放大镜，两个老头在家里气得指天骂地的。老秦他儿子开车，我爸跟老秦抱着脚盆去找他们退货。到了他们父亲节那天开茶话会的地方，那边看门的人说他们早就搬走了，还说最近老有人抱着盆来找他们，派出所都来人了。两个老头在门口面子上相当挂不住，老秦说：“这打了一辈子雁，让雁给啄了。”老秦的二儿子说：“就你还打雁呢，雁不打你就算好了。”我说：“都别说了，吃亏是福。你跟你们家老大把买盆的钱给你爸，算明年父亲节的礼物，脚盆不管怎么说还能泡脚，以后还能传代！”老秦说：“下次喊我‘亲爷爷’‘亲皇上’我也不上当了。”我爸在旁边一个劲儿乐，他对老秦家的两个儿子说：“你爸是人老心不老，花心。人家小姑娘一喊他‘爷爷’，他连自己姓什么都不知道了。”我悄悄拉他一下说：“你还好意思说老秦？盆钱我跟我姐还给你，也算是你明年的父亲节礼物。”我爸讪讪地说：“那怎么好意思，你出去别跟别人说哦，让人家笑话。”

第二年父亲节前，一个南方口音的人又打电话到我家去，是我爸接的电话。“老同志，你好！下午我们有个茶话会……”我爸捂着话筒回过头喊我，问南方人骂人怎么骂的？我说：“丢你老母！”我爸对着话筒大喊：“丢你个老母！丢你们家祖宗八代！”说完他把电话掼下，伸手把电话线一端的插头也给拔了下来。

咸鸭蛋的吃法

端午节前一天老沈送了我一盒粽子和一盒咸鸭蛋。我们家以前过端午都是我爸在家包粽子，一般就做两种：白米粽子和红小豆粽子。如果家里面有红枣，也会包几只红枣粽子。但红枣被蒸烂之后，吃的时候皮会沾在上颚上，很难弄下来。吃白米粽子的时候，弄一小碟儿白糖放在旁边，这在过去是一种很阔气的吃法了。

这几年我爸爸眼睛不好，端午都是在外面买粽子。买回来的粽子在香气上到底比不上家里裹的粽子。每次吃不完都是扔掉，我跟我爸说以后过端午不要买粽子了，你们又不是很喜欢吃，买了也是浪费。我爸说："这个过端午怎么能不吃粽子和咸鸭蛋？"我问他："为什么一定要吃粽子和咸鸭蛋？"我爸说："过节嘛！"

咸鸭蛋我们附近菜场一年到头都有卖的，都干干净净地码在盆里，吃几只买几只。不像以前家里腌一坛子，入夏的时候保管不善就变成了臭鸭蛋。那真是顶风臭十里，开盖万家慌。有的人酷嗜这个，打听谁家有臭鸭蛋不要了就上门讨了来。傍晚的时候，一个人坐在蝇阵中用这种臭鸭蛋下酒。古人谓“海上有逐臭之夫”，诚不我欺也！

小菜场里蔬菜种类的变化很容易让人感到时令的变化。端午节前一个星期，菜场就有人开小手扶来卖粽叶的，也有穿得干干净净的老太太用小篮子拎着串好的白兰花卖。微开的白兰花看得人心意很饱满。旁边肉案上剁肉的师傅一刀下去，猪肉与人肉齐晃。我走到一个卖咸鸭蛋的摊子前，看到切成几牙儿的咸鸭蛋放在一个瓷盘子里。卖咸蛋的说：“大哥，来尝尝，乡下麻鸭蛋，自己腌的。你看，油汪汪的。”我旁边站个女的，三十来岁的样子。她收起阳伞问道：“咸鸭蛋怎么卖的？”“大姐你先尝尝，价格不还是老价格嘛！”那个女的听了把杏眼圆睁，柳眉倒竖说：“你喊谁大姐？你们全家才是大姐……”接着转过身，咯噔咯噔地走了。

卖咸鸭蛋的举着一牙儿咸蛋，他摇了摇头说：“吃枪药了？这怎么回事？”我说：“你喊错人了。你看刚才那个女的，三十四五的样子，这个年纪的女人对年龄最敏感。我分析给你听噢：我们本地人把喊‘大姐’和‘家哥’当作一种尊称，大姐不分大小，是不是有这样一种说法？”他说是的。我说：“现在这个女的不接受这种老派的称呼了。你跟我一样又长得‘自来旧’，那样‘大姐’‘大姐’地喊人家，她一想：‘你都这么老了，还喊我大姐，那我还成个人吗？’她这样一想怎么可能会买你咸鸭蛋呢？”他把手中那一牙儿准备给那个女的品尝的咸鸭蛋递给我，说：“大哥你吃……”我说喊帅哥，教都教不会。他说帅哥你吃。我说这就对了。“帅哥你要几个咸鸭蛋？”我说你给来六只吧。

端午节早上我烧了泡饭，蒸了老沈送过来的嘉兴粽子。我儿子举着咸鸭蛋问我：“这个怎么吃？”我真被他惊掉下巴了。我问他咸鸭蛋你不会吃，难道要我教你？他说以前不都是切成一瓣一瓣的嘛。我爸拿了一只咸蛋在手开始忆苦思甜，他说：“以前我在乡下，狗日的马富贵！他家是个城镇小手工业者，夏天晚上吃只咸鸭蛋也要秀给人看。他把咸鸭蛋弄出一个针尖儿大的小孔，一只咸蛋吃三天，从里面抠一点再喝一口小酒。我那时小，就立个大志，将来一定要过上马富贵的那种日子。呵呵，这不就过上了吗。人就得立志。”

我指着咸鸭蛋对儿子说：“只要是咸蛋，就有无数种吃法。你可以摔碎了吃，拿脚踏扁了吃也行，向空中抛上去，等它落下来一嘴叼住也行。我们的老祖宗在尝试过种种吃法之后，总结出两种最经典的吃法。你刚才说的切瓣儿吃法是一种形而上的吃法，比如说家里来人了，切成几瓣，以便客人取食。还有一种就是马富贵的那种吃法，最朴实也最能保证原味的吃法——掏着吃。”

我说：“现在我给你示范一下：先磕开咸鸭蛋上尖的一头，把蛋壳清理出一个小孔，把筷子扎进去，先掏出一点蛋白……啊！最激动人心的时刻来到了，鸭蛋黄，还向外滋出红油，这就相当于罗宋人最爱吃的鱼子酱。你来尝一口，味道怎样？”“好吃！”

我说你别光吃，我给你讲个故事：古代的时候有个孝子，每次吃咸鸭蛋的时候，他都是把美味的蛋黄留给父亲和爷爷，自己吃蛋白。皇上知道他这个孝行之后，就宣他上殿，赐了一个“至孝纯亲蛋白子”的称号，后来还封他做了官……儿子说：“你说这个故事不就想让我把蛋黄给你吃吗？”我说：“你应该问一下你爷爷想不想吃蛋黄。”我爸说：“马富贵再怎么馋，他也不能抢孙子的东西吃是不是？我自己吃我自己的，可有一样，不许吃完蛋黄就把鸭蛋扔在那里。去年我就发现有这样的情况存在。这种将蛋黄吃完，让人家吃蛋白的人品非常不好，要拉出去批斗！”我说是的，要拉出去批斗。

图书在版编目(CIP)数据

人间须尽欢/高军著．—天津：百花文艺出版社，
2018.4
ISBN 978-7-5306-7255-6

Ⅰ.①人… Ⅱ.①高… Ⅲ.①散文集－中国－当代
Ⅳ.①I267

中国版本图书馆CIP数据核字（2017）第098954号

人间须尽欢

高军　著

出 版 方　百花文艺出版社
地　　址　天津市和平区西康路35号　　邮编 300051
电话传真　+86-22-23332651（发行部）
　　　　　+86-22-23332656（总编室）
　　　　　+86-22-23332478（邮购部）
主　　页　http://www.baihuawenyi.com
发 行 方　新经典发行有限公司
　　　　　电话(010)68423599　　邮箱 editor@readinglife.com
经　　销　新华书店

责任编辑　赵世鑫
特邀编辑　宋考凤
装帧设计　芬文布织

印　　刷　北京天宇万达印刷有限公司
开　　本　850毫米×1168毫米　1/32
印　　张　9
字　　数　178千
版　　次　2018年4月第1版
印　　次　2018年4月第1次印刷
书　　号　ISBN 978-7-5306-7255-6
定　　价　45.00元

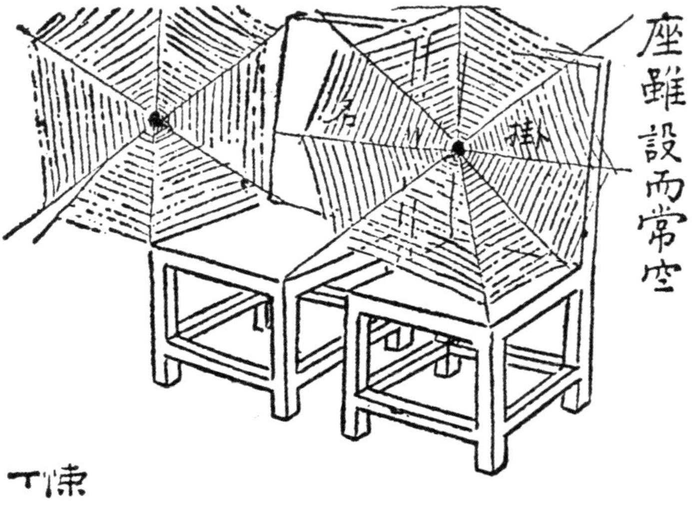

1937年3月5日

1934 年 10 月 20 日

1936 年 6 月 30 日